이 멋진 세계에 폭염을
속
우리는 메구밍 도적단

메구밍

"내 이름은 메구밍!
밝고 올바르며 정직하게 도둑질을 하고,
세상과 사람을 위해 헌신하는
도적단을 이끄는 자!"

"저는 이 교회의 높은 사람이자 아쿠시즈 교단의 미인 프리스트인 세실리예요. 저를 부를 때는 친근하게 세실리 언니야~라고 불러주세요."
세실리
"나는 분명 운이 좋을 텐데 왜 이렇게 재미있는 상황에 처하는 건지 이해가 안 돼서……."
크리스

"부탁이에요! 저도 두 분의 동료로 삼아 주세요!"
아이리스
"뭘 하려는 건지 모르겠지만, 나도 동료로 삼아줬으면 하는데……."
융융

"메, 메구밍, 오해하지 마! 함께 도적질을 한 건 얼마 안 됐어. 그리고 전에 말했잖아. 조수 군에게는 아무런 감정도 없다고! 친구로만 생각할 뿐, 특별한 감정은 없어!"
"잠깐만 있어봐. 내가 없는 데서 대체 어떤 이야기를 나누는 거야? 그리고 나는 왜 나도 모르는 사이에 차인 건데?"
카즈마

"저기, 두 사람은
깊은 관계인가요?
언제부터
그런 사이가
된 건가요?"

CONTENTS

이 멋진 세계에 폭염을! 속
우리는 메구밍 도적단

속 이 멋진 세계에 폭염을!

아카츠키 나츠메 지음
미시마 쿠로네 일러스트
이승원 옮김

프롤로그

그 일은 그 사람과 함께 불꽃놀이를 보러간 날 밤에 일어났다.

나는 그 사람과의 약속을 지키지 못해 약간 기분이 가라앉은 채 털레털레 집으로 돌아가고 있었다.

그리고 언다인이라는 평판 나쁜 귀족의 저택 부근을 지나고 있을 때—.

한눈에 봐도 수상한 사람들이 그 저택을 멀찍이서 쳐다보고 있었다.

눈에 익은 그 가면을 본 순간 나는 가슴이 뛰었다.

나는 원래 이렇게 쉬운 여자였던 걸까.

좀 더 정조관념이 투철한 여자인 줄 알았는데…….

나는 마음을 굳게 먹으면서 그 두 사람에게 말을 걸었다.

"저, 저기……. 혹시 두 분은 은발도적단 아니신가요?"

내가 느닷없이 말을 건 바람에 상대방이 화들짝 놀란 가운데, 나는 상기된 목소리로 자기소개를 했다.

입가를 히죽거리는 두 사람에게 나는 전부터 신경 쓰이던 점에 대해 물어봤다.

"두 분이 왕성에 숨어든 건 왕녀님이 위험한 신기를 소지

하고 있다는 걸 알고, 보호하기 위해서 그런 건가요?!"

내 질문에—.

『으, 음. 그래. 우리는 세간에 알려진 대로 의적이라서 평소에는 서민의 편을 들지만, 왕녀라고 해도 어린 소녀가 위험에 처했다는 사실을 알고 가만히 있을 수는 없었지. 곤란해 하고 있는 사람이 있다면 설령 그곳이 귀족의 저택이든, 왕성이든, 그 어디든 숨어들어. 그게 우리들, 가면도적단이야.』

세세한 부분은 다를지도 모르지만 그 사람은 단호한 어조로 이렇게 말했다.

『메구밍이라고 했지? 사실 우리는 저 저택에 잠들어있는 어떤 물건을 노리고 있어. 그건 인류의 미래를 위해 필요한 거야. 도둑질이라는 행위 자체는 칭찬받을 만한 게 아냐. 하지만 이건 우리 목에 현상금이 걸리더라도 반드시 해내야만 하는 일이야.』

단호한 결의가 어린 가면 너머의 눈동자는 왠지 보면 볼수록 눈에 익다는 느낌이 들었다.

나는 그 눈을 똑바로 쳐다보면서 그 사람의 말에 귀를 기울였다.

『우리는 지금부터 저 저택에 도둑질을 하러 갈 거야. 그리고 마왕군을 쓰러뜨릴 비장의 카드 중 하나를 손에 넣고 말겠어. 네가 경찰에 신고를 한다면 말리지 않겠지만……. 그래도 믿어줬으면 해. 이건 인류를 위한 일이야.』

이 두 사람은 자신들의 목에 거액의 상금이 걸렸는데도, 이 세상을 위해 마왕군뿐만 아니라 인류를 적으로 돌려가며 계속 활동하고 있는 것이다.

그런 일을 하고 있는데도, 그리고 지금 이 순간에도 큰일을 앞두고 있는데도—.

이 두 사람은 오랫동안 함께 해왔던 파트너처럼 즐거워보였다.

그런 두 사람을 보자 왠지 가슴이 옥죄어드는 느낌이 들었다.

그 두 사람과 작별인사를 나눈 나는 몇 번이나 그들을 뒤돌아보고 떨어지지 않는 발걸음을 억지로 옮기며 그 자리를 벗어나는 척 했다.

그리고 바로 이 날—.

나는 단둘이서 이 세상을 위해 노력하고 있는 그들을 몰래 돕기로 결의했다.

제1화
촉망받는 도적단

1

액셀이라는 마을이 있다.

그곳은 초보 모험가가 동료를 모으기 위해 찾는 마을이다.

또한 치안이 좋기로 유명한 장소다.

나는 그런 액셀 마을의 모험가 길드에서—.

"그만……, 그만해라! 뭐하는 것이냐?!"

부당한 폭력을 당하고 있었다.

내가 게시판에 붙였던 종이를 한 손에 쥔 길드 직원 아가씨가 이렇게 말했다.

"뭐하는 건지 몰라서 그래요?! 이곳은 모험가들이 파티 멤버를 모을 때 이용하는 게시판이에요. 같이 놀 사람을 구하고 싶으면 딴 곳에 붙이세요!"

"같이 놀 사람?! 무례하군요! 이건 엄연한 동료 모집이에요! 내가 종이를 붙인 장소에 불만이 있다면 어디 말해 보거라!"

나는 잘난 체 하듯 가슴을 쑥 내미는 글래머 미인 길드 직원에게 종이를 돌려달라고 항의했다.

"같이 놀 사람을 구하는 게 아니라면 더 문제라고요! 불만이 있는 건 이 종이를 붙인 장소가 아니라 이 종이의 모집 항목 부분이에요!"

길드 직원은 나에게 그 종이를 보여주면서 거기에 적혀 있는 문장을 읽었다.

"『도적 모집. 정의를 위해서라면 범죄행위도 불사할 만큼 의욕 넘치는 분 한정. 주된 업무 내용은 귀족 저택 습격 등……』."

할일이 없는지 주위에서 그 말을 듣고 있던 모험가들이 불쌍하다는 듯 나를 쳐다보았다.

"……어쩔 수 없군요. 원래는 도적 직업으로 한정하고 싶었지만, 이렇게 됐으니 다른 직업이라도 상관없어요. 다시 쓸게요."

"문제는 그 점이 아니에요! 길드 게시판을 이용해 범죄자 동료를 모집하지 말란 말이에요!"

—여신 에리스 감사제라는 축제가 벌어졌을 때의 일이다.

나는 그때, 동경하던 도적단과 만났다.

마스크로 입가를 가렸고 은색 머리카락을 지닌 도적단 두목.

그리고 언뜻 봐도 범상치 않아 보이는 가면을 쓴 정체불명의 남자.

두목이라 불린 은발 도적은 딱히 문제될 게 없었다. 뭐랄까, 활발하고 성실한 느낌의 호감이 가는 사람이었다.

문제는 가면을 쓴 사람이다.

바닐 가면의 복제품을 쓴 그 사람은 남처럼 느껴지지 않는다고 할까, 초면인데도 불구하고 나를 안심시켜주는 무언가를 지닌 것처럼 느껴졌다.

그리고 도적단, 의적, 가면…….

—완전히 매료되고 말았다.

이 정도로 내 심금을 울리는 요소를 갖추고 있다니 정말 범상치 않은 사람이다.

나도 저 도적단에 들어가고 싶었지만 유감스럽게도 나는 도적 기술을 지니지 않았다.

"—그러니 저는 그들의 일개 팬으로써 그 도적단의 산하 조직을 멋대로 만든 다음, 사람들을 모아 그들을 돕자고—."

"그런 바보 같은 단체를 만들었다간 현상금이 걸릴 거예요."

길드 직원에게 모집 용지를 몰수당한 나는 길드 안을 둘러보았다.

모집 용지를 붙이지 못하게 됐으니 개인적으로 스카우트를 할 수밖에 없지만, 모험가들은 방금 나와 길드 직원이 나눈 대화를 들었는지 나와 시선을 맞추려 하지 않았다.

나는 근처에 있던 도적 직업으로 보이는 사람에게 다가간 후, 그의 경계심을 풀기 위해 미소를 지으며 말을 걸었다.

"저기, 한가해 보이는 오빠. 잠시 시간 좀 내줄래요?"

"미안한데, 지금은 테이블 윗면의 나뭇결을 세느라 바빠.

나중에 다시 말을 걸어줄래?"

나는 나뭇결을 세고 있는 그 사람의 멱살을 무심코 움켜잡았다.

"방금까지만 해도 한가해죽겠다는 것처럼 멍하니 있었잖아요! 대체 왜 저를 피하는 거죠?!"

"나, 나는 휘말리고 싶지 않다고! 하필이면 왜 나한테 이딴 소리를 하는 건데?! 너희 파티에는 여러모로 편리하게 부려먹을 수 있는 녀석이 있잖아?! 그 녀석은 도적 스킬도 지녔다고!"

"물론 가장 먼저 부탁을 해봤어요. 하지만 그 남자는 좀 더 서늘한 계절이 되면 같이 놀아주겠다고 하더라고요. 아무래도 제가 진심으로 그 도적단의 지원 단체를 만들려 한다고는 생각하지 않는 눈치였어요."

"뭐, 현상금이 걸린 도적단을 지원한다는 소리를 들으면, 당연히 농담이나 헛소리라고 생각하겠지."

눈앞에 있는 사람이 맞장구를 치듯 그렇게 말하자 나는 테이블을 내려치며 이렇게 외쳤다.

"그 도적단은 인류의 미래를 지키기 위해 손가락질을 당하면서도 밤낮으로 활동하고 있어요! 우선 그런 부분부터 차근차근 설명을 해야겠군요!"

"하지 마! 그런 건 듣고 싶지도 않고, 너하고 얽히고 싶지도 않아! 자, 안주 삼아 먹던 땅콩을 줄 테니까 딴 사람을 찾아봐!"

……이럴 수가.

동경하는 그들을 돕는 건 고사하고 우선 세간의 인식부터 바꿔야만 하는 건가…….

땅콩이 담긴 접시를 한 손에 든 내가 땅콩을 오독오독 씹어 먹으면서 주위를 둘러보니—.

역시 다들 나와 눈을 마주치지 않으려고 하는 가운데, 갑자기 등 뒤에서 시선이 느껴졌다.

내가 그쪽을 지그시 쳐다보자 나와 시선이 마주친 이가 허둥지둥 고개를 숙였다. 하지만 곧 뭔가를 기대하는 눈빛으로 나를 힐끔힐끔 쳐다보았다.

…….

"거기 있는 도적 직업으로 보이는 언니. 잠시 시간 좀 내줄래요?"

"저기, 메구밍?! 방금 나와 시선이 마주쳤지?!"

내가 근처에 있던 누님에게 말을 걸자, 나를 계속 쳐다보던 융융이 의자를 박차며 벌떡 일어섰다.

"자기는 남한테 말을 못 걸면서, 신경 좀 써달라는 시선을 나한테 보내지 마요! 짜증이 치솟는단 말이에요! 하고 싶은 말이 있으면 하면 될 거 아니에요!"

"그만해! 마, 말할 테니까 머리카락을 잡아당기지 마!"

나는 여전히 성가시게 행동하는 융융에게 확 달려들었고

그녀는 각오를 다진 표정을 지으며 이렇게 말했다.

"뭘 하려는 건지는 모르겠지만, 나도 동료로 삼아줬으면 하는데……."

요즘 들어 이상한 사람들과 얽히고 있다는 소문이 도는 융융이, 평소와 다르게 나를 향해 적극적인 발언을 했다.

이상한 사람들과 얽히면서 이 애도 나름대로 성장한 걸까.

하지만—.

"이제 와서 무슨 소리를 하는 거죠. 융융은 제 도적단의 부두목이거든요? 이미 명부에도 이름이 올라 있다고요."

"잠깐만, 나는 그런 말은 들은 적도 없거든?! 그것보다, 아까부터 다른 사람들에게 그런 수상한 단체에 들어오라고 권유를 했던 거야?!"

융융이 깜짝 놀란 표정을 짓자 나는 무심코 그녀에게 달려들었다.

"수상한 단체라고요?! 말도 안 되는 소리 하지 마세요! 세상과 사람을 위해 밝고 올바르며 정직하게 도둑질을 하는 도적단이란 말이에요!"

"무슨 소리를 하는 건지 모르겠네! 불길한 예감만 드니까 역시 관둘래!"

융융과 내가 말다툼을 하는 사이, 내가 말을 걸려고 했던 언니가 허둥지둥 길드 밖으로 뛰쳐나갔다.

나는 도망치려고 하는 융융의 한 팔을 움켜쥐며 이렇게

말했다.

“홍마족이 그런 거 가지고 겁먹지 마세요! 정말, 이 소동 탓에 다들 경계하고 있네요. 자, 투정 그만 부리고 단원을 찾으러 가죠! 새로운 단원은 당신의 동료이기도 해요. 친구를 늘릴 기회라고요.”

“친구가 늘어난다는 말을 듣고 내가 무슨 짓이든 다할 거라고 생각한다면, 그건 커다란 착각이야아아아앗!”

2

“—저 사람은 어떤가요? 인상을 보아하니 도적이 적성에 맞아 보이네요.”

“메구밍, 쉬잇~! 목소리가 너무 커! 저 아저씨는 얼굴이 험악하기는 해도 모험가가 아니라 평범한 일반인이야! 그것보다, 우리와 또래로 보이는 저 애는 어때……?”

“저 애야말로 일반인이잖아요. 우리가 모집하고 있는 건 친구가 아니라 단원이란 말이에요.”

액셀 마을의 대로—.

나는 투덜대면서도 결국 따라온 융융과 벤치에 나란히 앉아서 길을 가는 사람들을 관찰했다.

인재로 보이는 사람을 발견하면 바로 영입 권유를 하기 위해서였다.

하지만 나와 융융 사이에 존재하는 의견 차이 때문에 아직 아무에게도 말을 걸지 못했다.

"아, 저기 있는 여자애는 어때? 로브의 후드 때문에 얼굴은 보이지 않지만 우리와 나이가 비슷해 보이는데다, 검을 차고 있는 걸 보면 일반인은 아닐 거야."

융융이 그렇게 말하면서 손가락으로 가리킨 이는 허름한 로브 차림에 후드를 눌러쓴 아담한 체구의 소녀였다.

머리카락의 색깔은 보이지 않지만 후드 아래로 보이는 눈동자는 투명한 느낌이 감도는 푸른색—.

"잠깐만요. 저 애가 왜 이 마을에 혼자 있는 거죠?"

"메, 메구밍, 왜 그래? 혹시 저 애를 알아?"

후드를 쓴 소녀는 주위에 있는 것들이 신기한지 쉴 새 없이 두리번거리면서 불안한 발걸음으로 어딘가를 향하고 있었다.

꼬치구이 노점을 운영하던 아저씨가 그런 소녀에게 말을 걸었다.

"저기, 아가씨. 갓 구운 꼬치구이 하나 맛보지 않겠어? 아가씨는 귀엽게 생겼으니까 깎아줄게. 꼬치 하나에 단돈 백만 에리스야."

"꼬치구이……. 처음 보는 음식이군요. 개당 백만 에리스인가요? 그럼 세 개만 주시겠어요?"

아저씨의 농담을 철석같이 믿은 그 소녀가 품속에서 지갑을 꺼냈고—.

"뭐하는 거예요?! 이런 데서 그런 거금을 꺼내면 안 된다고요!"

"어?! 아앗! 당신은 메구밍 씨!"

나는 지갑에서 아무렇지도 않게 거액의 동전을 꺼내려하는 그 소녀, 어찌된 영문인지 이런 곳에 있던 왕녀 아이리스의 곁으로 뛰어간 후 가게 주인에게 건넨 동전을 빼앗았다.

나는 거액의 동전을 받고 딱딱하게 굳어 있던 가게 주인을 곁눈질하며 아이리스에게 설교를 했다.

"저 아저씨는 농담 삼아서 백만 에리스라고 한 거예요. 실은 하나당 백 에리스라는 뜻이란 말이에요. 세상에 그렇게 비싼 꼬치구이가 어디 있냐고요."

"그, 그런가요? 저는 적정가격이 얼마인지 몰라서……."

바로 그때, 방금까지 딱딱하게 굳어있던 가게 주인이 진지한 표정으로 꼬치구이를 내밀면서 이렇게 말했다.

"아, 개당 백만 에리스가 맞아. 아가씨는 귀여우니까 세 개에 백만 에리스로 깎아줄게."

"그렇게 많이 깎아주시는 건가요? 감사합니다!"

"믿으면 안 돼요. 이 아저씨는 당신이 세상물정 모른다는 걸 알고 바가지를 씌우려는 거예요! 자, 삼백 에리스예요! 순진무구한 소녀를 등쳐먹을 속셈이라면 제가 상대해드리죠!!"

—우리는 적정가격에 꼬치구이를 산 아이리스를 데리고 근처 공원으로 이동했다.

"정말, 왜 혼자서 그런 곳을 돌아다니고 있었던 거죠? 호위들은 어디 간 거냐고요."

나는 방금 산 꼬치구이를 맛보고 있는 아이리스에게 그렇게 물어보았다.

이런 서민의 음식을 처음 먹어보는지 행복한 표정을 짓고 있던 아이리스는—.

"호위라뇨? 그게 무슨 소리죠? 저는 이리스라고 해요. 누군가와 착각하셨나 보군요. ……그건 그렇고, 이 꼬치구이라는 음식은 정말 맛있네요. 이렇게 따뜻한 음식을 먹어보는 건 처음일지도 모르겠어요. 하나 맛보지 않으실래요?"

그런 식으로 시치미를 떼면서 나와 융융에게 꼬치구이를 권했다.

아무래도 이리스라는 가명으로 불러주기를 바라는 것 같았다.

나는 꼬치구이를 건네받으면서—.

"하아……. 그런데 이리스 님은 이런데서 뭘 하고 있는 거죠? 이 마을은 치안이 좋은 편이지만, 그래도 나쁜 일에 휘말리면 큰일이잖아요."

"이리스 님이 아니라 이리스라고 불러주세요. ……후훗, 실은 얼마 전에 몰래 이 마을에 놀러온 적이 있어요. 그때는 오라버니와 만나지 못했지만, 대신 재미있는 분과 친분을 쌓았죠……. 이 세상에는 제가 모르는 특이한 분이 많다는 걸 알고, 이렇게 사회공부를 하러 몰래 온 거랍니다."

나는 그 충격적인 발언을 듣자마자 입 안에 있던 꼬치구이를 입 밖으로 뿜었다.

지금쯤 왕도에서는 엄청난 소동이 벌어졌을지도 모른다.

"자, 옆에 계신 분도 드세요."

"아! 고마워, 이리스 양! 으음, 나는 융융이라고 해. ……저기, 메구밍. 이 애는 금발에 눈동자도 푸른색인데, 혹시 귀족 아가씨야?"

나와 마찬가지로 아이리스에게서 꼬치구이를 넘겨받은 융융이 그것을 먹으면서 나에게 물었다.

"아뇨. 저는 왕도에 사는 치리멘돈야[#1]의 손녀인 이리스예요. 귀족 아가씨가 아니랍니다."

대체 누구에게 영향을 받은 건지 모르겠지만 아이리스는 그런 이상한 소리를 입에 담았다.

치리멘돈야가 대체 뭘까?

"본인이 저렇게 말하니 그런 걸로 해두세요. ……하지만 난처하게 됐네요. 이리스를 이대로 혼자 둘 수는 없는데……."

한 나라의 왕녀님을 발견해놓고 혼자 있게 내버려둘 수는

#1 치리멘돈야(縮緬問屋) 견직물의 일종인 치리멘을 파는 상인. 또한, 일본의 암행어사격 존재인 『미토 코몬』이 신분을 위장할 때 이 직업을 자칭했다.

없다.

내가 고민에 잠겨 있을 때, 아이리스가 꼬치구이를 손에 쥐고 고개를 갸웃거렸다.

"그런데 두 분은 뭘 하고 계신 거죠?"

아이리스가 순진무구한 표정을 지으며 그렇게 묻자 나는 솔직하게 말해도 될지 한순간 고민했다.

하지만 이 애는 그 도적단을 나쁘게 생각하지 않았으니 아마 괜찮으리라.

"사실 저희는 은발도적단의 하부조직을 만들 생각이에요."

"그게 무슨 소리죠?! 자세하게 말해보세요!"

어, 예상외로 엄청 관심을 보이네.

"아니, 그러니까 의적인 은발도적단의 하부조직을 멋대로 자칭하면서, 멋대로 동료들을 모아서 멋대로 지원하는 단체를 만들까 해서요……."

"그거 정말 재미있을 것 같아요! 그 조직에 들어가려면 시험 같은 걸 치러야 하나요?!"

아이리스가 긍정적인 반응을 보이자 나는 그녀를 말리기 위해 고개를 저으며 이렇게 말했다.

"왜 그런 걸 물어보는 거죠? 혹시 들어오고 싶나요? 안 돼요. 이건 놀이나 장난이 아니에요. 저희 아지트가 될 비밀기지를 건설한 다음, 세력을 확대하는 등 할 일이 잔뜩 있어요. 그렇게 되면 당연히 단원들도 자기가 맡은 소임을 다해줘야만 하죠."

"비밀기지!"

아이리스는 내 설득을 듣더니 눈을 반짝였다.

"으, 으음……. 게다가 저희는 악독한 귀족을 혼쭐내주기 위해 비합법적인 수단을 쓸지도 모르고……."

"악독한 귀족을 혼쭐내주는 거군요!"

아이리스는 내 설득을 듣더니 더욱 눈을 반짝였다.

"부탁이에요! 저도 두 분의 동료로 삼아 주세요!"

뭐가 심금을 울린 건지는 모르겠지만 아이리스가 얼굴을 새빨갛게 붉히면서 주먹을 말아 쥐자—.

"저기, 메구밍. 이렇게 의욕이 넘치는 애라면 동료로 삼아도 괜찮지 않을까? ……따, 딱히 비슷한 또래를 동료로 삼게 되어서 기쁜 건 아냐."

어찌된 영문인지 융융까지 이 애의 입단을 환영하는 눈치였다.

왕녀님을 이렇게 위험한 조직에 영입했다간 이 일이 발각되었을 때 교수형을 당하는 건 아닐까.

아니, 애초에 내가 지원하려 하는 은발도적단에게 현상금을 건 사람은 이 애의 주위에 있는 사람들인데…….

"뭐, 좋아요. 하지만 저희도 장난삼아 조직을 만들려는 게 아니니까 입단시험을 치러주셔야겠어요. 그리고 입단시험에서 뛰어난 성적을 거둔다면 당신을 우리 도적단의 왼팔로 삼아드리죠.”

“저기, 메구밍. 혹시 오른팔은 누구야? 나는 이름만 빌려주는 거야. 그러니 멋대로 간부로 삼지 마!”

아이리스는 내 말을 듣고 겁먹은 융융을 곁눈질하면서 환한 표정을 지었다.

3

—마을에서 약간 떨어진 곳에 있는 평원에서…….

“이, 이리스 양, 괜찮겠어?! 저거, 평소에 보던 개구리보다 훨씬 몸집이 크단 말이야!”

우리는 액셀 마을의 명물 몬스터이자 내 숙적이기도 한 개구리를 이용해, 아이리스의 실력을 파악하려 했다.

“괜찮아요! 왕족…… 아니, 치리멘돈야 일족은 강하거든요!”

치리멘돈야란 홍마족처럼 종족의 명칭인 걸까.

아이리스는 쳐다보고 있던 개구리를 향해 허리에 차고 있던 검을 뽑아들더니—.

“『엑스테리온』!”

—하고 고함을 지르면서 아직 꽤 떨어진 곳에 있는 개구리를 향해 그 검을 휘둘렀다.

체구가 아담한 편인 아이리스에게 어울리지 않을 만큼 커다랗고 호화로운 장식이 달린 그 검이, 크기에 비해 가볍게 허공을 가르자—.

우리를 향해 껑충껑충 뛰며 돌격하고 있던 개구리가 느닷없이 두 동강 났다.

"""어?!"""

깜짝 놀란 나와 융융이 지켜보는 가운데, 아이리스는 만족스러운 표정을 지으며 검을 칼집에 집어넣은 후—.

"메구밍 씨, 어떤가요? 이걸로 시험을 통과한 건가요?"

"예?! ……으음, 이건 1단계 시험이에요! 방금 쓰러뜨린 개구리는 장비를 어느 정도 갖춘 모험가라면 누구나 쓰러뜨릴 수 있는 몬스터죠! 그런 건 누구나 일격에 쓰러뜨릴 수 있다고요!"

"그런 개구리에게 통째로 삼켜졌으면서……."

나는 뒤편에서 들려오는 목소리를 무시하며 아이리스에게 다른 시험을 제시했다.

"—『엑스테리온』!"

"잠깐만요! 아까부터 펑펑 써대는 그 기술은 대체 뭐죠?! 너무 센 거 아니에요?! 어째서 일격곰 같은 강력한 몬스터가 한 방에 당하는 거냐고요!"

아이리스의 실력이 상상을 초월할 정도로 뛰어났기에 토

벌하는 몬스터의 난이도를 계속 올려봤지만—.

"이건 우리 가문에 대대로 이어져 내려온, 성검에게 인정받은 자만이 쓸 수 있는 기술이에요! 강렬한 일격을 날릴 수 있는 필살기죠!"

"설마 옛날에 용사가 사용했다고 하는 그 전설의……. 아, 깊이 생각하지는 않겠어요."

왕족은 강력한 힘을 지닌 용사를 데릴사위로 받아들여서 그 피를 이어받은 것으로 알려져 있다.

그래서 왕족인 이들은 용사의 소양을 이어받기 때문에 대부분 말도 안 될 정도로 강하다고 하는데…….

"그러면 그 무기가 강력할 뿐인 거잖아요. 도적단은 거친 일을 할 때도 있으니 약한 사람을 받아들일 수는 없어요. 제가 보고 싶은 건 당신의 진정한 실력이라고요. 그걸 제대로 보여주세요."

"저기, 메구밍. 이리스 양은 틀림없이 우리보다 강할 것 같은데? 이제 그만 인정해주는 게 어때?"

융융이 그런 소리를 하면서 내 옷을 계속 잡아당겼지만, 간단히 인정해줘서는 내 체면이 손상될 것이다.

"그럼 성검을 쓰지 않고 저기 있는 몬스터 무리를 해치워볼게요."

나와 융융이 소곤거리고 있는 사이, 아이리스는 한참 떨어진 곳에 있는 몬스터들을 손가락으로 가리키며 그런 말을—.

"앗, 저건 고블린이잖아요! 안 돼요! 저런 약한 몬스터의 근처에는 항상 초보자 킬러라는 무시무시한 녀석이……!"

아이리스는 내 경고를 끝까지 듣지도 않고 그 고블린들을 향해 손을 내밀더니—!

"『세이크리드 라이트닝블레어』!!"

아이리스가 그렇게 외친 순간—.

고블린 무리의 한가운데에 새하얀 빛이 반짝이고, 모든 것을 쓸어버리는 새하얀 번개가 폭풍과 함께 휘몰아쳤다!

4

나는 액셀 마을에 도착하자마자 손뼉을 쳤다.

"자, 이걸로 제1시험은 끝났어요. 신입 치고는 실력이 나쁘지 않다는 건 인정해주죠. 뭐, 저희는 도적단이니 전투력은 그다지 필요하지 않지만요. 그러니까 세다고 대접받을 거라는 생각은 하지 마세요."

"저기, 메구밍! 아까 한 말과는 완전 정반대잖아! 거친 일을 할 때도 있으니까 약한 사람을 받아줄 수 없다며!"

아이리스의 실력을 보고 방금까지 얼이 나가 있었던 융융은 정신을 차리자마자 그렇게 외쳤다.

"시, 시끄러워요. 제1시험은 무사히 합격했으니 됐잖아요!"

"제1시험은 무슨! 나는 시험 없이 바로 영입했었잖아! 그리고 이 애는 아무리 생각해도 우리보다……."

"스, 스톱! 더는 아무 소리도 하지 마세요! 패배를 인정하면 그걸로 끝이란 말이에요!"

솔직하게 말하자면 왕족의 실력을 얕봤다.

왕족이나 귀족 중에는 뛰어난 재능을 가지고 태어나는 이가 많다는 이야기는 들었지만, 설마 이 정도일 줄은 몰랐다.

그냥 확 이 애가 마왕을 해치우러 가면 되지 않을까?

"그건 그렇고, 이리스 양은 엄청난 마법을 쓸 줄 아는구나. 숨어있던 초보자 킬러까지 한꺼번에 해치웠잖아. 그런데 아까 그 마법은 홍마족인 나도 처음 봤는데……."

"그건 왕가…… 아니, 치리멘돈야에게 대대로 전해져 내려오는 마법 중 하나인데, 신성한 힘이 담긴 번개를 날리는 거예요. 전설의 용사가 즐겨 쓰던 오리지널 마법이래요."

치리멘돈야에 대한 의문이 점점 깊어져만 갔다.

"그건 그렇고 제2시험은 어떤 거죠? 신체능력에는 자신이 있으니, 어떤 시험이든 다 치러 주겠어요!"

아이리스가 의욕을 불태우자 나는 머리를 감싸 쥐었다.

왕녀님을 도적단에 영입했다는 게 알려지면 그야말로 난리가 날 것이다.

솔직히 말하자면 트집을 잡아서 입단을 포기하게 만들 생각이었지만—.

바로 그때, 융융이 입을 열었다.

"신체능력을 더 시험해봤자 의미가 없을 테니까, 학력이나 일반 상식을 시험해보는 건 어떨까? 뭐, 이리스 양은 교육을 잘 받은 것 같으니 학력도 좋을 것 같지만 말이야."

"바로 그거예요!"

나는 융융이 별생각 없이 한 말을 듣고 힘차게 고개를 끄덕였다.

상대는 영재교육을 받은 왕녀님이다.

그러니 학력 테스트를 해봤자 의미가 없겠지만 일반 상식이라면 이야기가 달라진다.

"도적에게 필요한 것은 뛰어난 전투력이 아니에요. 그리고 지력이 뛰어나다고 해서 나쁠 건 없지만, 가장 중요한 건 뭐니 뭐니 해도 상식이죠! 이리스가 어느 정도의 상식을 갖추고 있는지 제가 직접 확인해보겠어요!"

"액셀에서도 손꼽힐 정도로 비상식적인 메구밍이 타인의 상식을 체크하겠다니, 완전 말도 안 되는 농담…… 아얏, 아야야!"

내가 괜한 소리를 하는 융융의 머리카락을 잡아당기자, 아이리스는 약간 당혹스러운 표정을 지으면서도 주먹을 말아 쥐며 이렇게 외쳤다.

"조, 좋아요! 저도 남들 몰래 마을을 탐색하면서, 나름대로 상식을 갖췄어요! 자, 지금 바로 시험을 치르겠어요!"

—시험의 결과는 그야말로 엉망진창이었다.

"아가씨, 그건 그냥 먹으면 안 돼. 껍질을 벗기고 속살만 먹는 거야."

상점가에서 과일을 사보라고 시켰더니, 아이리스는 껍질을 벗기지 않은 과일을 처음 보는지 방금 산 망고를 그대로 먹으려다 그 말을 듣고 움직임을 멈췄다.

가게 주인의 말을 듣고 얼굴을 새빨갛게 붉힌 아이리스는 우물쭈물하면서 내 쪽을 쳐다보았다.

정말, 이래서 세상물정 모르는 공주님은 문제라니깐…….

"어쩔 수 없군요. 지금까지는 깨끗하게 껍질을 벗겨진 채 접시에 담겨 있는 과일만 먹어봤죠? 이렇게 됐으니 제가 일반 상식을 가르쳐주죠. 과일이라는 건, 우선 껍질을 벗기고 안에 든 속살을 먹은 다음, 씨앗은 볶아서 간식으로 삼아요. 그리고 벗긴 껍질은 쪄서 먹죠."

"메구밍, 그것도 비상식적인 짓이거든?! 껍질과 씨앗은 보통 버리는 거야!"

다른 사람도 아닌 융융에게 태클을 당하고 내 안에 존재하던 상식이 무너질 뻔 했다.

"그, 그럴 리가 없어요. 씨앗은 딱딱해질 때까지 볶으면 해

바라기 씨앗처럼 맛있고, 과일 껍질도 푹 찌면 먹을 수 있어요! 융융은 홍마의 마을에서 가장 비상식적이니 이런 걸 알 리가 없죠. 이래서 상식이 부족한 애는 문제라니까요……."

"잠깐만 있어봐~! 우리 셋 중에서는 내가 가장 상식적이라고 생각하거든?! 아, 이리스 양! 아직 계산 안했으니까 먹으면 안 돼!"

"죄, 죄송해요! 항상 수행원이 계산을 해줬거든요……!"

나의 뜻밖의 약점이 노출된 이 상황에서 시험을 계속 치르는 것은 무리다.

으음, 아이리스는 우수한 전투력을 지닌 인재인 건 틀림없지만—.

"저기, 메구밍. 왜 그렇게 반대하는 건지는 모르겠지만, 이제 그만 이리스 양을 동료로 받아주는 게 어때? 남들이 동료로 받아주지 않는 처지인 사람은 정말 힘들단 말이야……."

"융융이 그런 소리하면 설득력이 어마어마하니까 그만해요! 알았어요. 이 시험은 그냥 치르지 않았던 걸로 하겠어요. 그리고 일단 임시 입단인 걸로 해둘게요. 당신의 수행원이 나중에 이 사실을 알면 난리를 칠 게 뻔하니까요."

융융의 설득을 듣고 내가 뜻을 굽히자 아이리스의 표정이 환해졌다.

"그럼 임시 입단인 당신은 저희 중에서 가장 말단이에요. 리더인 제 말을 잘 들으세요."

융융은 그 말을 듣고 문뜩 생각났다는 투로 이렇게 말했다.

"그러고 보니, 왜 메구밍이 리더인 거야? 딱히 리더가 하고 싶은 건 아니지만, 메구밍의 라이벌인 만큼 네 부하가 되면 왠지 진 것 같은 느낌이 들어서 싫단 말이야."

"이 애는 또 성가신 소리를 하는 군요. 이유야 뻔하잖아요. 제가 저희 중에서 가장 강하고 어엿한 어른이기 때문이에요. 그러니 제가 당신들을 이끌어나갈 수밖에 없잖아요."

두 부하는 내 말에 납득할 수가 없는지 미묘한 표정을 지었다.

"왕…… 치리멘돈야는 강해요. 못 믿겠으면 어디 한 번 저와 싸워보겠어요?"

"전투……로는 이기기 힘들지도 모르지만, 우리 중에서 가장 어른인 사람은 나잖아? 가장 상식적이기도 하고, 키도 내가 가장 커."

두 부하가 성가신 소리를 하자 나는 고개를 절레절레 흔들면서 이렇게 말했다.

"그렇게 쉽게 발끈하니까 어린애라는 거예요. 그리고 제가 가장 어른인 건 아마 틀림없을걸요? 왜냐하면……."

나는 잠시 뜸을 들인 후—.

"오늘 밤에 제 방에 오지 않겠냐고 그 남자한테 말했었으니까요."

얼마 전에 그 사람과 나눴던 약속을 이야기해주자—.

““뭐어어어어어어?!””

“앗?! 뭐, 뭐하는 거죠?! 하, 하지 마라! 놓으세요! 로브를 잡아당기지 말란 말이다!”

“잠깐만, 메구밍, 그게 무슨 소리야?! 그 남자라면 카즈마 씨지?! 서서, 선을 넘을 생각인 거야?!”

“오오, 오라버니를 자기 방으로 부른 건가요?! 약간만 유혹하면 누구든 넙죽넙죽 따라갈 것 같은 오라버니를요?! 메구밍 씨, 그건 숙녀답지 않은 천박한 행동이에요! 오라버니의 여동생으로서 그렇게 문란한 관계를 좌시할 수는 없어요!”

나는 다짜고짜 달려드는 두 사람을 밀쳐낸 후 로브의 옷깃을 여미며 이렇게 말했다.

“저는 이제 결혼도 할 수 있는 나이예요. 그리고 젊은 남녀가 한 지붕 밑에서 살고 있으니까, 딱히 이상한 일도 아닐 텐데요?”

나는 여유 넘치는 발언을 입에 담았고 격의 차이를 깨달은 그 두 사람은 새파랗게 질린 얼굴로 비틀거렸다. 나는 그런 두 사람을 향해 이렇게 말했다.

“그럼 제가 리더인 것에 불만은 없는 거죠?”

5

압도적인 상하관계를 구축한 나는 두 사람을 데리고 원래 목적지로 향했지만—.

“제가 이렇게 부탁하고 있잖아요. 좀 어떻게 안 될까요?”

“무리입니다.”

부동산업자는 딱 잘라서 그렇게 말했다.

“대체 뭐가 불만인 거죠?! 수많은 마왕군 간부를 해치운 저를 못 믿는 건가요?! 출세하면 꼭 갚겠다고요! 저만큼 신용할 수 있는 마법사는 아마 이 세상에 없을 거라고요!”

“무슨 소리를 하든, 안 되는 건 안 되는 겁니다! 담보도 없고, 돈도 없으면서, 이 마을에서 가장 커다란 건물을 빌려 달라고요? 정말 뻔뻔하군요! 게다가 당신네 파티는 지금까지 상당한 공적을 쌓았지만, 가장 쉽게 전멸할 것 같은 파티 후보로 거론되고 있다는 걸 모르나 보군요!”

“뭐, 뭐어엇?! 대체 누가 그런 부당한 평가를 내린 거죠?!”

우리는 아지트를 확보하기 위해 액셀의 부동산을 찾아왔지만 이런 대접을 당하고 있었다.

“아무튼, 3만 에리스로는 보증금도 안 됩니다. 저도 나름 이 일을 오래 해왔지만, 이런 푼돈으로 이 마을에서 가장 큰 건물을 내놓으라고 한 손님은 당신들이 처음이에요.”

“크……. 어쩔 수 없군요. 이건 긴급 사태를 대비한 비장의 카드지만……."

나는 그렇게 말하면서 테이블 위에 비장의 1만 에리스를 더 올려놓았다. 하지만 부동산업자는 검지로 그 돈을 튕겨냈다.

"이 놈, 내가 피땀 흘려 모은 돈에 무슨 짓을 하는 것이냐!"

"3만 에리스가 4만 에리스가 되어봤자 소용없어요! 제발 부탁이니 돌아가 주세요!"

내가 한창 부동산업자와 말다툼을 벌이던 바로 그때였다.

누군가가 내 망토를 잡아당겼다.

"저기, 메구밍. 솔직히 말해 너무 심한 거 아냐? 그리고 비밀기지인지, 아지트인지를 만든다는 건 진심이었구나. 저기, 친구들끼리 모여서 느긋하게 지낼 수 있는 장소를 손에 넣는 것에는 찬성하지만, 오늘은 일단 돌아가서 돈을 모을 궁리부터 하자. 응?"

융융은 그렇게 말했고 나는 이를 갈면서 앞으로 어떻게 할지 생각했다. 바로 그때—.

"저기……. 이 마을에서 가장 큰 건물을 빌리려면 얼마나 들죠?"

우리 뒤편에 있던 아이리스가 얼굴만 쏙 내밀더니 머뭇거리면서 부동산 업자에게 물었다.

"이 마을에서 가장 큰 건물이라면 한 달에 2백만 에리스 정도는 월세로 내야할 겁니다. 보증금을 포함하면 5백만 에리스 정도 들죠."

5백 만…….

나는 융융을 부동산 업자를 향해 밀면서 이렇게 말했다.

"……이 애가 매일같이 당신을 삼촌이라고 부르게 할 테니, 조금만 깎아주면 안 될까요?"

"왜 내가 그런 짓을 해야 하는 건데?!"

내 목을 조르려 하는 융융을 요격할 준비를 갖춘 순간, 아이리스가 내 등을 가볍게 두드렸다.

"이리스, 왜 그러죠? 지금은 중요한 교섭 중이니까 방해하지……."

그녀를 향해 고개를 돌린 나는 말을 끝까지 잇지 못한 채 그대로 숨을 삼켰다.

"저기, 돈은 이 정도면 되나요?"

아이리스가 내민 것은 엄청난 금액의 에리스 지폐였다.

부동산 업자는 그것을 보더니 그대로 딱딱하게 굳어버렸고, 융융은 표정을 굳힌 채 그대로 말문이 막혀버렸다.

"……저, 저기, 돈은 충분하지만, 건물을 빌리려면 신원을 보증해줄, 신뢰할 만한 보증인이 필요합니다만……."

부동산 업자가 송구해 하면서 그렇게 말하자 아이리스는 난처한 표정을 짓더니—.

"저기, 이걸로 제 신원을 보증할 수는 없을까요?"

—하고 말하면서 목에 걸고 있던 펜던트를 벗어서, 그것

을…….

"실례했습니다! 당신에게라면 얼마든지 건물을 빌려드리죠! 물론 돈도 필요 없습니다! 지금 바로 열쇠를 가지고 올 테니 잠시만 기다려주십시오!"

부동산 업자는 그 펜던트를 보자마자 허둥지둥 가게 안쪽으로 뛰어갔다.

그 모습을 본 융융은 긴장한 표정으로 이렇게 말했다.

"……저기, 이리스 양은 혹시 엄청 대단한 가문의 사람이야?"

"……우리 도적단의 말단 부하일 뿐이에요."

"예! 말단 부하랍니다!"

아이리스가 말단 부하라는 말을 듣고 어찌된 영문인지 좋아하자, 융융은 아연실색하며 말을 이었다.

"하지만 저 아저씨가 태도를 바꿀 정도로 엄청난 가문의 사람인 거지? ……저기, 메구밍. 이리스 양을 이 바보 같은 놀이에 어울리게 해도 정말 괜찮겠어? 우리, 혹시 엄청난 짓을 저지르고 있는 거 아냐?"

이제 와서 사태의 중대함을 눈치챈 융융이 표정을 딱딱하게 굳히면서 그렇게 말했지만 이미 늦었다.

"오래 기다리셨습니다! 자, 열쇠를 받으시죠! ……부디 앞으로도 저희 부동산을 잘 부탁드립니다."

땀을 뻘뻘 흘리며 열쇠를 들고 부리나케 돌아온 부동산 업자는 미소를 지으면서 그렇게 말했다.

"……저기, 메구밍. 나, 경찰 신세를 또 졌다간 고향 사람들을 볼 면목이 없어……."

"걱정하지 마세요. 저희는 어디까지나 이리스를 보호하고 있을 뿐이니까요. 알았죠?"

6

액셀 마을 중심부의, 땅값이 비싼 지역에 있는 화려하고 거대한 저택.

우리가 사는 저택이 평범한 주택처럼 보일 만큼 거대한 이 건물이 바로 오늘부터 우리의 아지트가 된다.

나와 융융은 그 거대한 저택을 올려다보며 문뜩 이런 소리를 했다.

"……도적단의 이름을 정해야겠군요. 그리고 이곳을 액셀 지부로 삼죠."

"저기, 메구밍. 대체 어느 정도 규모의 단체를 만들 생각이야? 나, 처음에는 단순한 장난인 줄 알았는데 일이 너무 커져서 좀 무서워."

나도 이렇게 일이 잘 풀릴 거라고는 생각 못했기에 실은 좀 초조했지만 그런 심정을 겉으로 드러낼 수는 없다.

도적단 결성 첫날에 이 마을에서 가장 좋은 저택을 손에 넣을 거라고는 생각도 못했던 것이다.

"커다란 저택이군요! 피서지에 있는 아버님의 별장보다 클지도 모르겠어요!"

아이리스가 이 저택을 보면서 우리와 전혀 다른 감상을 입에 담자, 나는 그녀를 곁눈질하며 현관문을 열었다.

귀족의 저택은 하나같이 구조가 비슷한 건지 현관 너머에는 우리가 사는 저택과 마찬가지로 거실이 있었다.

저택 안은 부동산 업자가 잘 관리해서 깔끔하게 손질이 되어 있었지만, 변변찮은 가구가 없었고 커다란 소파와 테이블만이 있었다.

나는 거실에 있는 소파에 몸을 던진 후 그대로 벌러덩 드러누우면서 이렇게 선언했다.

"오늘부터 여기가 저희의 아지트예요. 앞으로 나쁜 짓을 꾸미거나 활동 방침을 논의할 때, 그리고 한가할 때는 각자 이곳에 오도록 하세요. 뭐, 간단히 말해 저희의 모임 장소 같은 거니까, 다들 열쇠를 가지고 있으세요."

융융은 아지트라는 말을 듣더니 눈을 붉게 반짝이며 기뻐했고, 아이리스 또한 뭐가 그렇게 기쁜지 만면에 미소를 지으면서 소파에 그대로 몸을 던졌다.

이윽고 융융이 히죽거리며 소파 구석에 앉자 나는 몸을 일으키고 이렇게 말했다.

"의외도 간단히 아지트를 손에 넣었지만, 인맥과 가문의 힘 또한 재능이에요. 이용할 수 있는 건 전부 이용하도록 하죠. 그럼……."

나는 테이블 위에 손을 얹으면서―.

"이제부터 우리 도적단의 활동에 대해 이야기해볼까요."

그렇게 운을 뗀 후, 두 사람에게 본격적인 설명을 시작했다―.

"―그렇게 된 거예요. 그들은 자신들의 욕심을 채우기 위해서가 아니라 서민들의 편에 서서 의적으로 활동하고 있는데도, 범죄자로서 현상금이 걸려 쫓기고 있어요. 하지만 그들은 이 세상을 위해, 인류를 위해! 설령 자신들의 행위가 남들에게 알려지지 않더라도, 그리고 남들이 이해해주지 않을지라도, 지금도 계속 싸우고 있죠!"

"대단해……! 정말 고결하고 꿋꿋한 사람들이네……! 메구밍! 나, 결심했어! 아까까지는 한심한 놀이를 하려는 건가 싶어서 대충 어울려줄 생각이었지만, 이제부터는 최선을 다해 협력할게!"

한심한 놀이라는 말이 마음에 걸렸지만 융융이 의욕을 불태우기 시작했으니 잘 됐다고 생각했다.

바로 그때, 나는 아까부터 아무 말 없던 아이리스가 희미하게 몸을 떨고 있다는 사실을 눈치챘다.

"저, 저는……."

"이리스? 왜 그러죠? 얼굴이 새빨간데다, 눈가에 눈물이

맺힌 것 같은데…….”

내 말이 귀에 들어오지 않는 듯한 아이리스는 쾅 소리가 나게 테이블을 내려치면서 이렇게 외쳤다.

“지금 바로 아버님을 찾아가서 그 도적단의 현상 수배를 풀어달라고 떼를 쓸래요! 그게 무리라면 하다못해 오라버니를 찾아가서 마음껏 응석을 받아줄래요!”

“이 애는 지금 무슨 소리를 하는 거죠?! 현상 수배는 그렇다 쳐도, 그 남자의 응석을 받아줄 필요는 없을 텐데요?!”

대체 지금까지 내가 해준 이야기를 듣고 왜 그런 결론을 내린 걸까.

『왕녀라고 해도 어린 소녀가 위험해 처했다는 사실을 알고 가만히 있을 수는 없었지. 곤란해 하고 있는 사람이 있다면 설령 그곳이 귀족의 저택이든, 왕성이든, 그 어디든 숨어들어. 그게 우리들, 가면도적단이야.』

그저 일전에 도적단을 만났을 때, 가면을 쓴 남자가 한 말을 가르쳐줬을 뿐인데 말이다.

“그것보다 우선 앞으로의 목표를 먼저 정해야 해요. 저희는 아직 세 명 밖에 안 되죠. 게다가 다들 나이도 적으니, 이대로 영역을 넓히며 세력을 확대하려 해도 얕보일 게 뻔해요. 그러니 흉악하게 생긴 유능한 단원을 늘리면서 서서히 지명도를 높인 후, 이윽고 은발도적단과 어깨를 나란히 할 수 있게 되는 거예요!”

두 사람은 내가 힘찬 목소리로 한 말을 듣더니 단원에 적합할 듯한 사람을 떠올리고 있는 것 같았다.

“흉악하게 생긴 유능한 단원……. 그 사람들은 도적단이나 무법자 같은 일에 딱 어울리는 이미지지만, 이 일에 끌어들였다간 난리가 날 게 뻔한데…….”

융융이 중얼거리면서 고민하는 사이, 아이리스가 굳은 표정을 지으며 팔짱을 끼더니—.

“저기, 메구밍 씨. 일전에 이 마을에 왔을 때 제 편의를 봐줬던 매우 우수한 분이 계신데, 그 분을 영입하는 건 어떨까요?”

“매우 우수한 분이라고요? 어쩌다 이 마을에서 지인을 만든 건지는 모르겠지만, 어떤 사람이죠?”

아이리스는 내 말을 듣고 고개를 갸웃거린 뒤 이렇게 말했다.

“그 분은 하치베라고 하는데, 하루 중 대부분을 웃으면서 보내는 활기찬 분이에요. 또한 경박하고 우쭐대기만 하는 무드메이커이며, 항상 저를 칭송하기만 했죠. 보수만 준다면 그 어떤 일도 도와줘요.”

“이리스, 제 말 잘 들어요. 그 녀석과는 지금 바로 인연을 끊으세요! 제가 원하는 건 노래하고 춤추고 싸울 줄도 아는, 그런 재미있고 우수한 사람이에요!”

뭐, 오늘 결성한 도적단이기 때문에 바로 단원을 늘릴 수는 없을 것이다.

인원은 앞으로 천천히 늘려가야만 했다.

나는 본래 계획을 실행에 옮기기 위해—.

"우선 오늘 밤의 계획에 대해 이야기하죠. 두 사람 다 이걸 보세요."

그렇게 말하면서 이 마을의 지도를 테이블 위에 펼쳤다.

7

우리는 어느 귀족의 별장 부근에 와 있었다.

그런 우리의 시선은 정문을 경비하고 있는 병사들을 향했다.

"—저기, 메구밍. 전부터 생각했던 건데……. 너, 바보 맞지? 홍마족의 마을에서는 대체 어떻게 가장 우수한 성적을 냈던 거야?"

나는 아까부터 같은 소리만 반복하는 융융을 무시하면서 저택을 다시 관찰했다.

"경비의 숫자와 저택의 규모로 볼 때…… 여차하면 폭렬마법 한 방으로 쓸어버릴 수 있겠군요."

"메구밍, 너는 홍마족 제일의 바보를 자처해야 한다고 생각해!"

저택 사람들에게 주목을 받으면 안 되는데도 계속 떠들어대는 융융의 입을 내가 손으로 막자, 아이리스가 당혹스러운 표정을 지으며 내 망토를 잡아당겼다.

"저기, 메구밍 씨……? 저는 세간의 상식에 어둡지만, 이게 해선 안 되는 짓이라는 건 알아요. 하다못해 증거라도 확보한 다음에……."

나는 그런 아이리스를 안심시키기 위해 자신감에 찬 목소리로 웃음을 터뜨렸다.

"괜찮아요, 이리스. 마도구 제작에 능숙한 홍마족에게는 옛날부터 이런 말이 내려오고 있어요. 『없으면 만들면 된다』."

"잠깐만, 그건 의미가 완전히 다르다구!"

융융은 무심코 태클을 날렸고 나는 저택을 쳐다보면서 딱 잘라 말했다.

"괜찮아요, 융융. 저희에게는 이리스가 있어요. 이 애가 저희와 함께 하는 한, 재판에서 질 일은 없다고 해도 과언이 아니죠."

"저기, 이것만은 절대 물어보지 않으려고 생각했지만, 역시 안 되겠어! 이리스 양의 정체는 뭐야?! 우리, 혹시 이런 짓을 할 때가 아닌 거 아냐?!"

융융이 그렇게 외치는 가운데, 내가 마법을 날릴 위치를 정하기 위해 저택의 상공을 쳐다본 순간—!

"아이……! 이, 이리스 님, 여기 계셨군요!"

바로 그때, 우리의 뒤편에서 울음 섞인 목소리가 들려왔다.

고개를 돌려보니 허리춤에 검을 찬 새하얀 정장 차림의 여성이 눈에 들어왔다.

눈가에 눈물이 맺혀 있는 걸 보면 필사적으로 아이리스를 찾아다닌 게 틀림없어 보였다.

이 사람은 클레어라는 이름의 아이리스의 호위다.

"클레어?! 제, 제가 이 마을에 있는 걸 어떻게 안 거죠?!"

아이리스는 자기가 있는 곳을 들킬 리가 없다고 여겼던 건지, 경악에 찬 표정을 지으며 뒷걸음질 쳤고—.

"제가 얼마나 오랫동안 이리스 님을 모셨는지 잊으신 겁니까? 저 정도 충신이면 이리스 님이 일주일 동안 키가 얼마나 크셨는지, 이리스 님이 하루에 몇 번 하품을 하셨는지, 이리스 님이 식사 때 피망 몇 개를 접시에서 빼셨는지도 전부 파악하고 있습니다. 물론 이리스 님이 어떤 행동을 취하실지도 훤히 내다보고 있죠!"

아아, 완전 비정상적인 사람이네.

"크, 클레어, 방금 그 말에는 저도 살짝 질렸거든요?! 게다가 이만큼이나 정확하게 제가 있는 곳을 찾아내다니……. 그것보다 부탁이에요, 클레어! 오늘 밤만 오라버니의 저택에서 묵으면……."

"안됩니다."

클레어는 그것만은 절대 용납할 수 없다는 듯 아이리스의 어깨를 꼭 잡더니, 놓치지 않겠다는 것처럼 한사코 끌어안았다.

"놔요, 클레어! 오늘 밤에 방해하러 안 갔다간, 오라버니가 딴 여자에게 홀리고 말 거예요!"

"그거 정말 잘됐군요! 그런 남자는 빨리 딴 여자에게 홀려서 잡혀 사는 편이 나아요! 자, 이리스 님! 계속 억지를 부리신다면 저도 생각이 있습니다!"

클레어는 얼굴을 새빨갛게 붉히며 그렇게 외치고 아이리스를 끌어안은 손에 더욱 힘을 줬다.

"크, 클레어? 이대로는 이야기도 제대로 나눌 수 없으니 일단 손에 들어간 힘을 빼는 게 어때요?"

클레어는 아이리스의 애원을 못들은 척 하고 그녀의 머리카락에 코를 묻으면서 행복한 듯 숨을 들이마셨다.

"안 됩니다. 이건 벌이에요, 이리스 님. 앞으로 이런 짓을 하지 않도록 바로 저, 클레어가 마음을 독하게 먹고 이리스 님을 꼭 끌어 안…… 아얏, 아야얏! 그, 그만 하세요, 이리스 님! 잘못했습니다, 이리스 님! 주제넘은 짓을 한 걸 사과드릴 테니, 있는 힘껏 조르지 마세요!"

아이리스가 전력을 다해 끌어안은 바람에 자신의 몸에서 나서는 안 되는 소리가 나자, 클레어는 포옹을 풀면서 나를 향해 돌아섰다.

"오래간만에 뵙습니다, 메구밍 님. 이리스 님을 보호해주셔서 감사합니다. 그리고 앞으로는 왕도에 있는 텔레포트 가게에 감시자를 둘 테니, 이리스 님이 이 마을에 오는 일은 없을 겁니다. 그러니 이참에 작별인사를……."

아이리스는 클레어의 말을 듣더니 풀이 죽은 것처럼 고개를 푹 숙였다.

클레어가 저렇게 화를 내는 걸 보면 역시 이번에는 멋대로 성을 빠져나와서 이 마을에 온 것 같았다.

그렇다면 앞으로 성의 경비도 삼엄해질 것이며, 텔레포트를 이용할 수 없다면 신분 차이가 있기 때문에 더는 만날 일이 없으리라.

아이리스는 클레어에게 등을 떠밀려서 내 앞에 섰지만 마음껏 놀지 못한 어린애 같은 표정을 지으며 고개를 숙이고 있었다.

나는 쉽게 체념하고 남의 말에 순순히 따르는 이 말단 부하에게만 들릴 만큼 작은 목소리로—.

"제가 신호를 보낼 테니 성에 돌아가면 귀를 쫑긋 세우고 있어요. 내일부터는 그 신호가 들리면 어떻게든 왕도의 정문 앞으로 오세요."

또 같이 놀자고 약속하듯 그렇게 속삭였다.

"예?"

아이리스는 고개를 들고 방금 들은 말이 이해되지 않는지

어안이 벙벙한 표정을 지었다.

"당신은 임시라고는 해도 우리 도적단의 일원이에요. 입단해놓고 간단히 발을 뺄 수 있을 거라고 생각하지 마세요."

그 말을 듣고 표정이 밝아진 아이리스는—.

"예! 물론이죠, 두목님!"

—하고 말하며 환한 미소를 지었다.

"……이리스 님, 몰래 무슨 이야기를 하시는 건지는 모르겠지만 앞으로는 절대 탈주를 못하게 할 거예요. 그, 그렇게 귀여운 표정으로 쳐다보셔도 절대 안 됩니다! 자, 빨리 텔레포트 가게로 가시죠. 분명 지금쯤 왕도에서는 레인이 엉엉 울면서 이리스 님을 찾아다니고 있을 겁니다."

아이리스는 클레어를 상대로 이런저런 수를 사용했지만 결국 텔레포트 가게로 끌려가고 말았다.

"가버렸네……."

상황 파악을 못한 채 멍하니 있던 융융은 그렇게 중얼거렸다.

"융융. 당신, 텔레포트 마법을 습득했었죠?"

융융은 내 질문을 듣더니 고개를 갸웃거렸다.

"뭐? 아, 응. 홍마의 마을에 언제든 돌아갈 수 있도록 얼마 전에 겨우 습득하긴 했어."

"그랬군요. 그럼 융융에게 부탁할 게 있어요. 지금부터 텔레포트 가게에 가죠. 그리고 왕도로 보내달라고 한 후, 그곳을 전송 가능 지역으로 등록해주지 않겠어요?"

"왕도를? ……그건 괜찮지만, 이상한 짓을 꾸미고 있는 건 아니지?"

이상한 짓이라니 당치도 않다.

그저 말단 부하를 언제든 데리러 갈 수 있도록 준비하려는 것뿐이다.

"이상한 짓을 꾸미다니요. 앞으로는 좀 먼 곳에 가서 일과를 마치려는 것뿐이에요. 유감이지만 아까 말한 계획은 연기해야겠어요. 자, 그럼 가죠!"

"가는 건 좋은데, 메구밍의 눈은 왜 그렇게 새빨간 거야?! 나, 왠지 엄청 불길한 예감이 들어!"

―텔레포트 가게를 이용해 왕도에 간 우리는 그대로 정문 밖으로 나갔다.

"그럼 이 근처를 텔레포트 장소로 등록해 주세요. 저는 지금부터 할 일이 있으니까, 등록이 끝나면 데리러 와줘요."

"그건 좋은데, 할 일이 대체 뭐야? 아까 이리스 양과 낮은 목소리로 나눈 대화와 상관이 있는 거야?"

나는 불안한 표정을 짓고 있는 융융에게 아무 말도 하지 않고 돌아선 후, 정문에서 약간 떨어진 곳에 있는 언덕을 향해 걸음을 옮겼다.

여기에 있으면 왕도 사람들이 내 모습을 보지 못할 것이다.

나는 말단 부하를 위해 기합을 팍팍 넣어가며 마법을 영창하고—.

"저기, 메구밍?! 너 지금 뭘 영창하고 있는 거야?! 이런 곳에서 폭렬마법을 쓰려는 건 아니지?!"

텔레포트 등록을 마치고 이곳에 온 융융의 목소리를 들으면서—.

"『익스플로전』!!!!!!"

성까지 폭발음이 울려 퍼지도록, 회심의 폭렬마법을 날렸다!

8

"—저기, 메구밍. 오늘부터 너를 홍마족 제일의 바보라고 부를래."

"진짜로 그렇게 부른다면 저는 당신을 홍마족 제일의 외톨이 아가씨라고 부를 거예요."

융융의 텔레포트로 액셀에 돌아온 나는—.

"……확 이 근처에 두고 가버린다?"

"어이, 연약한 저를 이렇게 사람들이 많이 지나다니는 장소에 방치하는 건 용서받지 못할 짓이에요. 마력을 다 써서 꼼짝도 하지 못하는 저에게 음흉한 짓을 하려는 사람이 있으면 어떻게 할 거냐고요."

나는 융융에게 업힌 채 저택으로 돌아가고 있었다.

"메구밍에게 그런 장난을 칠 만큼 특이한 사람은 괴짜가 많기로 유명한 이 마을에도 카즈마 씨 뿐…… 아파, 아프다구!"

나는 융융의 목에 두른 손을 내려서, 괜한 소리를 지껄여대는 그녀의 흉부 장갑을 있는 힘껏 움켜쥔 후 이렇게 말했다.

"그건 그렇고, 그렇게 큰 소동이 벌어질 거라고는 생각도 못했어요."

"왜 생각하지 못한 거야? 왕도 쪽에서 마왕군 습격 경보가 들려온 건, 아무리 생각해도 메구밍의 마법 공격 탓이 틀림없단 말이야."

"……뭐, 도적단 데뷔를 화려하게 한 거라고 생각하죠."

"도적단이라기보다 테러리스트잖아! 저기, 이제 그만 해산하지 않을래? 까딱하면 머지않아 은발도적단보다 더 큰 금액의 현상금이 우리 목에 걸릴지도 몰라."

그거야말로 바라던 바다.

"뭐, 괜찮잖아요. 게다가 왕도 사람들도 곧 익숙해질 거예요. 앞으로는 매일같이 오늘 같은 일이 벌어질 테니까요."

"잠깐만 있어봐! 나, 그 말은 처음 듣거든?!"

"어, 곧 도착하겠군요. 마력도 약간 회복됐으니까 이쯤에서 내려줘도 돼요."

"저기, 내일도 이 짓을 할 거야?! 나, 그냥 도적단을 때려

치울래!”

나는 융융의 말을 무시하고 저택을 향해 걸음을 옮겼다.

“다녀왔습니다~.”

“어서 와~!”

저택에 들어가자, 소파에 앉아서 무릎 위에 올려둔 노란색 털북숭이에게 먹이를 주고 있는 아쿠아가 그렇게 말했다.

그 뒤를 이어 부엌 쪽에서 고함 소리가 들려왔다.

“—그러니까, 네 요리는 딱히 맛있지도 않단 말이야! 평범한 수준이라고! 요리는 관련 스킬을 보유한 나한테 맡기고, 너는 뒷정리만 해주면 돼!”

“나에게도 여자로서의 긍지가 있다! 평소 방바닥을 굴러다니기만 하는 남자에게 요리로 져서야, 어릴 적부터 나에게 요리를 가르쳐준 우리 가문의 요리사들을 볼 면목이 없단 말이다! 그러니 요리는 나한테 맡기고, 너는 거실에서 농땡이나 부려라!”

아무래도 오늘의 요리 당번을 정하기 위해 다투는 중인 것 같았다.

부엌에서 쫓겨난 카즈마가 언짢은 표정을 지으며 거실로 왔다.

“어? 메구밍, 돌아왔구나. 저기, 내 말 좀 들어봐. 다크니스 녀석이 또 억지를 부린다고~.”

나는 소파에 드러누워서 투덜대는 카즈마를 향해—.

"또 카즈마가 괜한 소리를 한 거죠? ……저기, 그것보다 오늘 밤이야말로……."

"……그, 그래. 그거 말이지? 으, 응. 오늘 밤이야말로 그걸 하자."

카즈마는 그것 말고는 딱히 괜찮은 표현이 떠오르지 않는 건지, 얼굴을 새빨갛게 붉히면서 몸을 일으켰다.

"둘 다 왜 그래? 왠지 이상하네. 그리고 그게 대체 뭐야~?"

"아아, 아무것도 아니거든~?! 시, 실은 메구밍이 오늘 아침에 이상한 단체를 만든다고 해서 말이야! 그런데 그건 어떻게 됐어?!"

아쿠아에게 추궁을 당한 카즈마가 말을 돌리려는 듯 허둥지둥 나에게 질문을 던졌다.

"놀라울 정도로 순조로워요. 오늘은 아지트를 손에 넣었을 뿐만 아니라, 부하도 두 명이나 늘었어요."

"그랬구나. 즐거워 보여서 다행이네. 나도 어릴 적에는 비밀기지를 만들어서 놀기도 했어. 하지만 이웃집 애들이 너희 아지트를 빼앗거나 박살내도 반격을 해서 울리지는 마."

이 남자는 정말!

"카즈마는 저를 뭘로 보고 그런 소리를 하는 거죠?! 그리고 저희의 아지트를 보면 깜짝 놀랄걸요? 이 저택보다 훨씬 크거든요. 게다가 성검을 휘두를 뿐만 아니라 전설급 마법도 쓸 수 있는 말단 부하를 영입했어요. 첫날치고는 엄청난 성과를 올렸다고요. 이대로 가면 머지않아 그 은발도적단과 어깨를 나란히 하게 될 거예요."

"그래? 그거 다행이네. 새롭게 생긴 친구는 성검을 지닌 데다, 전설의 마법을 쓴다는 거야? 너와 꽤 궁합이 맞을 것 같네. 하지만 남에게 폐를 끼치지는 마."

이 남자는 정말 무례하기 그지없다는 생각이 들었다.

하지만 이 사람에게 아이리스 이야기를 해줄 수도 없었다.

……뭐, 머지않아 설명을 할 기회가 생길 것이다.

내가 그런 생각을 하고 있을 때 카즈마가 아쿠아를 쳐다보며 이렇게 말했다.

"그것보다…… 어이, 아쿠아. 오늘은 비싼 술을 사왔으니까 마음껏 마셔도 돼. 항상 젤 킹을 기르느라 고생이 많지? 때로는 술이라도 마시고 일찍 자."

"어머, 대체 무슨 바람이 분 거야? 평소 나한테 천벌 받을 소리만 해댔다는 걸 깨닫고 회개라도 한 거야? 그럼 사양하지 않고 네가 준비한 술을 마셔주겠지만, 오늘은 마시지 않을래. 장래에 젤 킹이 익힐 필살기의 이름을 메구밍과 함께 생각해볼까 하거든. 그러니까 술은 다음에 마실게."

"뭐?! 무, 무슨 소리를 하는 거야! 젤 킹의 필살기 명칭 같은 건 그 녀석이 필살기를 익힌 다음에 정해도 되잖아? 오늘은 메구밍도 밖에서 노느라 피곤할 테니까, 일찍 잘 거지? 안 그래?!"

카즈마는 약간 초조해하면서 상기된 목소리로 그런 말을 늘어놓았다.

……이 사람은 진짜로 내가 하루 종일 놀다왔다고 생각하는 것 같았다.

오늘 하루 동안의 성과를 설명해주고 싶지만 단원도 아닌 이 남자에게는 아직 가르쳐주지 말자.

도적단의 규모가 더욱 커진다면 자기도 끼워달라면서 애걸복걸할 게 틀림없다.

그리고 언젠가 이 남자가 내 도적단에 들어오고 싶다고 말한 바로 그때—.

"그래요. 오늘은 피곤하니 밥을 먹고 잘래요. 그러니 카즈마와 한 약속은 내일 지키겠어요."

"뭐?"

가면을 쓴 도적과 만났다는 걸, 이 남자에게도 가르쳐주자.

제2화
증식하는 도적단

1

왕도가 보이는 조그마한 언덕에서, 폭렬마법을 영창하는 소리가 울려 퍼졌다.

"『익스플로전』—!!!!"

섬광이 하늘을 가르고 폭음이 주위를 뒤흔들었다.

그와 동시에 왕도가 시끌벅적해졌지만 모든 마력을 소모한 나는 그대로 쓰러진 채 꼼짝도 하지 못했다.

『마왕군 습격 경보! 마왕군 습격 경보! 모험가 여러분은 서둘러 왕성 앞으로 모여 주십시오.』

왕도에서 울려 퍼지는 안내방송을 멍하니 들으면서 10분 정도 기다렸을 즈음—.

"저기 있네에에에엣! 장난 좀 작작하란 말이야! 너, 바보지?! 저기, 진짜로 이 짓을 매일 할 거야?!"

"두목님, 늦어서 죄송해요. 그래도 무사히 탈출했어요!"

범죄나 다름없는 짓을 하고 있다는 건 알고 있는지 얼굴이 보이지 않도록 후드를 깊이 눌러쓴 융융은 흥분과 분노 때문에 눈동자가 새빨갛게 빛나고 있었다.

그리고 마치 소풍이라도 가는 듯한 옷차림에 조그마한 가방을 등에 맨 아이리스가 언덕에 엎드려 있는 나를 향해 뛰어왔다.

"두 사람 다 수고했어요. 저기, 저 좀 일으켜주지 않을래요?"

"수고는 무슨! 확 이대로 묻어버릴까?! 저기, 메구밍? 지금 왕도에서 난리가 났다는 건 알고 있지? 앞으로 뭘 어떻게 할 거야?!"

아이리스가 엎드려 있는 나를 뒤집어 주자 융융이 허리에 손을 대면서 설교를 시작했다.

"어떻게 하기는요. 이미 저희는 이런 상황에서의 노하우를 습득했잖아요? 옛날에 홍마의 마을에서 비슷한 사건이 벌어졌었죠. 예. 그건 정말 가슴 아픈 사건이었어요……."

"너, 너, 설마……."

나와 융융은 과거에 비슷한 일을 체험한 적이 있다.

홍마의 마을에서 촘스케를 노렸던 정체불명의 여악마가 밤마다 폭렬마법을 날려댔던 것이다.

세세한 부분은 좀 다를지도 모르지만 대충 그런 느낌의 사건이었다.

"또 남한테 뒤집어씌울 생각이야?!"

"또, 또는 무슨! 홍마의 마을에서 일어난 폭렬마 사건을 말하는 거라면, 그건 틀림없이 그 악마가 범인이에요. 이번 사건은……. 「마왕 같아 보이는 자가 산책을 하다 느닷없이 폭렬마법을 쓰고 돌아갔다」라고 경찰에게 목격정보를……."

"안 할 거야! 그런 바보 같은 증언은 안 할 거란 말이야!"

융융이 나를 꾸짖는 가운데, 마이페이스한 아이리스는 공주님 안기로 나를 안아들었다.

"저기, 오늘은 도시락과 과자를 챙겨 왔어요. 두 사람 몫도 있으니까, 어디 경치 좋은 곳에 가서 먹지 않겠어요?"

"저기, 이 애도 의외로 상식이 없다고 할까, 간이 너무 큰 것 같거든?!"

나는 아이리스에게 안긴 채 융융에게 지시를 내렸다.

"이대로 있다간 추격자한테 잡힐 거예요. 그러니 우선 액셀 마을로 돌아가죠. 도시락은 액셀 마을 근처에서 먹으면 될 것 같아요."

"도시락 같은 건 아무래도 상관없거든?! 아앗, 오해하지 마, 이리스 양. 그렇게 슬픈 표정 짓지 말아줄래?! 아무래도 상관없다는 건 말이 너무 지나쳤어. 나도 실은 친구들과 같이 소풍 가서 도시락을 먹는 걸 동경한단 말이야!"

융융이 시끄럽게 떠들어댄 탓인지, 마을 쪽에서 「저기다!」, 「누가 저기 있어!」 같은 목소리가 들려왔다.

"융융이 떠들어댄 바람에 들키고 말았잖아요. 친구와 도시락을 먹는 것 가지고 흥분하지 말란 말이에요. 정말, 이래서 외톨이는 성가시다니까요! 자, 빨리 텔레포트 마법을 영창하세요!"

"저기, 내 탓인 거야?! 왠지 납득이 안 되거든?!"

여전히 시끄럽게 떠들어대던 융융이 서둘러 주문을 영창

하더니―.

"『텔레포트』!"

우리의 몸에 손을 대며 텔레포트 마법을 허둥지둥 펼쳤다.

―액셀 마을 인근의 호수에 도착한 우리는 아이리스가 즐거워하며 펼친 돗자리 위에 앉아서 도시락을 먹었다.

"저기, 이리스 양. 이 도시락은 누가 만든 거야? 아, 정말 맛있기는 해. 저기, 맛있기는 한데 말이야. 어마어마하게 호화로운 재료를 쓴 것 같다고 할까, 소풍 갈 때 싸올 도시락은 아닌 것 같다고 할까……."

"「최근에 새로 사귄 친구와 같이 놀고 싶어요. 몰래 외출할 건데, 탈출하는 걸 도와주지 않겠어요?」라고 메이드들에게 부탁했더니, 의욕을 불태우면서 도시락까지 싸주지 뭐예요."

"저기, 이리스 양. 너희 집은 메이드가 잔뜩 있을 정도로 부자인 거야? 치리멘돈야는 대체 뭐하는 곳인데? 이리스 양이 아까 말한 「새로 사귄 친구」라는 말에 들떠서 그냥 넘어갈 뻔 했지만, 그 후에 그냥 흘려 넘겨서는 안 되는 말이 들린 것 같은데……."

상어 지느러미 슈마이를 젓가락으로 집어든 융융이 심각한 표정으로 그걸 쳐다보며 질문을 던지는 가운데―.

"그런 건 아무래도 상관없잖아요. 가슴 사이즈와 키, 그리고 친구의 숫자와 친구 부모님의 직업 등, 사람에게는 물어봐선 안 되는 게 잔뜩 있어요."

"맞아. 내가 잘못했어. 메구밍의 말이 맞아."

납득을 한 것인지, 받고 싶지 않은 질문이 있는 건지는 모르겠지만 융융은 얌전히 도시락을 계속 먹었다.

도시락을 먹을 수 있을 만큼 마력이 회복된 나도 고급 도시락을 우걱우걱 먹어대면서 말을 이었다.

"그건 그렇고 이리스는 식량 조달에 있어서는 상당한 실력을 가지고 있군요. 당신을 우리 도적단의 보급 담당으로 임명하겠어요. 즉, 출세를 한 거죠."

"출세한 거군요! 고마워요! 최선을 다할게요!"

"이리스 양, 앞으로도 맛있는 음식을 가지고 오라는 소리니까 속으면 안 돼!"

이윽고 도시락을 다 먹은 우리는 맨발로 호수에 들어가 조그마한 생선을 쫓아다니거나, 수면에 넙적한 돌을 던져서 그게 여러 번 튕기게 하는 물수제비라는 놀이를 아이리스에게 가르쳐주다가, 호수 건너편에서 낚시를 하고 있던 사람을 저격할 뻔하고 손이 발이 되도록 싹싹 빌었다.

그렇게 시간을 보내다 보니 어느새 오후가 되었고—.

"오늘은 꽤 즐거웠어. 매일 이러면 즐겁게 참가할 텐데 말이야. 너무 오래 나와 있으면 이리스 양 네 사람들이 마중을 하러 올지도 모르니까, 이제 그만 돌아갈까?"

융융이 약간 아쉬워하면서 그렇게 말하자 아이리스는 뜻

자리와 도시락 통을 가방에 넣었다.

"그럼 돌아가죠. 오늘은 즐거웠어요. 다음에 또 같이 소풍을 가요!"

나는 콧노래를 부르면서 액셀 마을로 향하는 두 사람의 뒤를 따르—.

"아니에요! 도시락만 먹고 돌아가면 어쩌냐고요! 어느새 소풍이 목적인 것처럼 됐지만, 저희의 활동은 이제부터 본격적으로 시작된다고요!"

융융이 「들켰군」이라고 말하는 것처럼 인상을 팍 쓴 가운데—.

"그럼 두목님. 오늘은 뭘 할 거죠?"

아이리스가 그런 질문을 던졌다.

"우선 오늘 할일에 대해 이야기해보죠. 저번에는 저희의 아지트를 손에 넣었어요. 그곳은 액셀 마을의 본부로 삼기로 하고……. 각지에 지부를 세운 다음, 언젠가 세계 규모까지 세력을 확대할 예정인 저희에게는 자금이 필요해요. 그러니 돈을 얻을 수입원을 확보하도록 하죠."

"저기, 세계 규모는 농담이지? 때때로 메구밍의 말이 농담인지 진담인지 헷갈릴 때가 있는데……."

물론 진담으로 하는 말이다.

아니…….

"이미 우리 도적단은 액셀 본부와 왕도 지부, 이렇게 두

곳이 존재해요. 앞으로도 계속 늘려나가도록 하죠. 왕도 지부의 아지트는 이리스의 집이에요. 이리스, 우리 도적단의 심벌마크가 정해지면, 그걸 당신 집의 높은 곳에 걸어주세요. 오늘부터 당신이 왕도 지부의 지부장이에요. 보급 담당 겸 왕도 지부장, 엄청 출세했군요."

"고마워요! 열심히 할게요!"

"이리스 양, 속으면 안 돼. 메구밍은 너희 집까지 빼앗을 생각이야!"

이 나라의 왕성에서 우리 도적단의 깃발이 휘날릴 날이 멀지 않다.

그러기 위해서라도 우선 자금을 손에 넣자.

2

"그러니까 일거리를 주세요. 그것도 장기적으로 안정적인 수입을 확보할 수 있으면서, 명성도 얻을 수 있는 일거리면 좋겠어요."

"으음, 아르바이트라도 하는 게 어떨까요?"

모험가 길드에 도착한 우리는 길드 직원 언니에게 적당한 일거리가 없는지 물어봤다.

아이리스가 길드 안에 있는 모험가들을 눈을 반짝이며 쳐다보는 가운데, 나는 길드 직원 언니에게 매정한 대답을 들고도 주눅 들지 않고 이렇게 말했다.

"그런 거 말고, 저희에게 더 어울릴 만한 일거리를 소개해 줬으면 해요. 이래 봬도 저희 셋은 상당한 실력자라고요. 그러니까 이 마을을 위협하는 존재가 나타난다면 격퇴해주는 대신 보수를 받는다든가……."

"얼마 전에 그런 일을 시작했던 경비회사가 있었는데 순식간에 망했어요."

언니가 그렇게 말하자 옆에 있던 융융이 갑자기 고개를 돌렸다.

망한 경비회사와 무슨 연관이라도 있는 걸까.

"아무튼, 여자 세 명으로 이뤄진 파티에 거친 일을 맡길 수도 없거든요……."

역시 우리의 외모가 문제인 걸까.

며칠 전에도 겉모습 때문에 동료를 모으느라 고생을 했다.

"부탁이에요, 언니. 거금을 벌 수 있는 일거리가 아니라도 괜찮아요! 장기적으로 돈을 벌 수 있고, 마을 사람들에게 감사 인사를 받을 수 있는데다, 남들이 우리 도적단에 들어가고 싶다고 생각하게 될 것 같은 일거리를 주세요! 그리고 가능하면 전투 방면의 일거리면 좋겠네요!"

"그런 조건에 맞는 일거리는 흔치 않……. ……아."

그런 조건에 맞는 일거리가 생각난 건지, 그 언니는 작은 목소리로 탄성을 터뜨렸다.

"어, 혹시 있나요? 그럼 저희에게 맡겨주세요!"

"있기는 한데 이미 선약이 있다고나 할까요……. 실은 이 마을의 쓰레기장을 어지럽히는 까마귀를 퇴치해달라는 의뢰가 마을 측으로부터 들어왔는데, 어찌된 건지 이 일을 공짜로 해주고 있는 분이 있어요."

까마귀 퇴치.

확실히 남들에게 감사 인사를 받을 수 있고, 일단 전투 방면의 일이며, 마을 측이 의뢰한 일이니 안정적이면서 장기적으로 돈을 벌 수 있겠지만…….

역시 홍마족과 왕녀님이 까마귀 퇴치를 하러 다니는 건 말도 안 된다.

돼지 목에 진주 목걸이, 과잉진압이나 다름없는 것이다.

"그 의뢰는 좀 그러네요. 까마귀 슬레이어 같은 불명예스러운 별명이 붙었다간 긍지 높은 홍마족으로서는 고개를 들고 다니지도 못할 거예요. 그것 말고 다른 건 없나요? 커다란 상점이나 다른 단체처럼, 안정적으로 일거리를 줄만한 곳은 없나요?"

직원 언니는 내 말을 듣고 잠시 동안 고민하더니—.

"일단 조건에 맞는 곳이 있기는 한데 말이죠……."

—우리는 액셀 마을의 외곽에 위치한, 최근에 리모델링된 교회 앞에 서있었다.

"설마 또 이곳을 찾게 될 거라고는 생각도 못했어요……."

"저기, 메구밍. 그냥 관두자. 응? 여기만은 관두는 편이 나을 거야!"

이곳은 바로 아쿠시즈 교단의 액셀 지부다.

"세운지 얼마 안 된 듯한 교회군요! 푸른색 건물이 정말 깨끗해요! ……두 분은 안 들어갈 건가요?"

아쿠시즈 교단에 대해 잘 모르는 아이리스는 건물을 올려다보며 순진무구한 감상을 입에 담았다.

"이리스, 이곳은 이 마을에서 알아주는 위험한 골칫거리 단체의 건물이에요. 만약 이 안에 있는 사람들이 이상한 행동을 취하면 공격하는 걸 허락할게요."

"이리스 양, 이번만큼은 메구밍의 말이 맞아. 이상한 사람이 튀어나오면 망설이지 말고 날려버려."

아이리스는 우리의 경고를 듣더니 고개를 갸웃거리면서 문을 살며시 열었고…….

그와 동시에 뭔가가 깨지는 소리가 들렸다.

"아앗, 문 앞에 뒀던 값비싼 항아리가……! 가지고 있기만 해도 행복해진다는 소문이 자자한 저 항아리를 깬 걸 보면, 내 행복을 빼앗으러 온 괘씸한 놈들이 틀림없네! 이렇게 되면 나를 먹여 살리거나, 변상을 하거나, 아쿠시즈 교단에 입교하거나, 셋 중에 하나를 골라…… 어머, 메구밍 양과 융융 양이네?"

흥분한 목소리로 그런 말을 늘어놓던 프리스트가 우리를 보고 어안이 벙벙한 표정을 지은 가운데—.

"저기, 길드의 의뢰를 맡고 찾아온 건데……. 역시 그냥 돌아가도 될까요?"

세실리는 내 말을 듣더니 환한 표정을 지었다.

"—저기, 진짜로 변상하지 않아도 되나요? 가지고 있기만 해도 행복해지는 항아리라면, 상당한 고가의 마도구일 것 같은데……."

아이리스가 미안해하면서 그렇게 말하자, 세실리는 감동의 눈물을 흘리며 기도하듯 두 손을 맞잡았다.

……아니, 이미 기도를 올리고 있었다.

"아아, 아쿠아 님! 저한테 이렇게 순진무구한 로리 소녀를 보내주셔서 감사합니다……!"

의뢰 같은 건 이미 안중에도 없는 세실리는 오늘도 컨디션이 끝내주는 것 같았다.

아무 일도 없었던 걸로 하고 그냥 돌아가는 편이 좋을지도 모른다.

"이리스, 그 항아리는 저 언니가 일부러 문 앞에 둔 거니까 신경 쓸 필요 없어요. 누군가가 문을 열다 저 항아리를 깨기만 기다린 거죠. 항아리를 깬 상대에게 트집을 잡아서 거액의 변상금을 뜯어내거나 입교를 시키는 악랄한 수법이에요."

나는 아직 걱정스러운 표정을 짓고 있는 아이리스에게 세실리가 한 짓을 설명해줬다.

아이리스는 그 설명을 듣더니 존경어린 눈길로 세실리를 쳐다보았다.

"그런 방법으로 돈을 벌거나, 신자를 늘리려 했다는 건 꿈에도 몰랐어요. 세실리 씨는 정말 똑똑한 분이군요!"

"이리스 양, 그 말을 듣고 감탄하면 어떻게 해! 세실리 씨가 한 짓은 범죄나 다름없단 말이야!"

내 생각에는 범죄나 다름없는 게 아니라, 범죄라고 생각한다.

"그러고 보니 이리스 양이라고 했던가요? 저는 이 교회의 높은 사람이자 아쿠시즈 교단의 미인 프리스트인 세실리예요. 저를 부를 때는 친근하게 세실리 언니야~라고 불러주세요."

"예. 잘 부탁드려요, 세실리 언니야~. 저는 이리스라고 해요."

아이리스가 순순히 언니야~라고 부르자, 세실리는 하악하악 하고 거친 숨을 내쉬기 시작했다.

"저기, 메구밍 양. 나, 내일 확 죽어버리는 건 아닐까? 오늘 하루 동안 모든 행운을 다 써버려서 인생을 끝마치게 되는 건 아닐까?"

"당신의 인생은 겨우 이 정도 일로 만족하는 건가요? 이리스, 이 사람은 정서불안이니까, 그냥 언니라고 부르세요."
"아, 예. 알았어요……."
"아앗, 너무해!"
세실리가 충격을 받은 것 같지만 이대로는 본론에 들어가지 못할 것 같아서 억지로 화제를 돌렸다.
"그럼 하던 이야기를 계속하자면……. 저희는 길드의 의뢰를 받고 여기에 온 거예요. 저희에게 맡기고 싶은 일에 관해 이야기해주지 않겠어요?"
나는 무릎을 꼭 끌어안고 삐친 듯한 반응을 보이는 세실리에게, 길드에서 받은 의뢰서를 보여주며 그렇게 말했다.

3

"자, 그럼 일에 관한 이야기를 해볼까? 뭐, 실은 그렇게 어려운 일이 아냐. 의뢰 내용은 그 의뢰서에 적힌 대로야."
길드 측이 우리에게 맡긴 일은 두 가지다.
하나는 최근에 이 교회 인근에서 수상한 사람이 출몰하고 있으니 그 사람을 찾아내서 격퇴할 것.
그리고 또 하나는 교단의 자금원 확보를 위한 판매원 모집이다.
수상한 사람을 찾는 건 일단 제쳐두고 판매원이라는 건 괜찮은 일이었다.

한 달에 몇 번 정도 정기적으로 이곳에 와서 몇 시간 동안 얼굴만 비추면 되는 것이다.

그렇게만 해도 매상의 1할을 받을 수 있다고 한다.

판매원은 면접을 통과해야 된다고 적혀 있었는데 세실리 말로는 우리라면 문제될 게 없다고 했다.

대체 뭘 팔려는 건지는 모르지만 조건 자체만 본다면 그야말로 파격적이었다.

"판매원 쪽은 간단할 것 같네요. 그럼 또 다른 의뢰 건에 대한 자세한 이야기를 듣고 싶은데요……."

나는 그렇게 물었고 세실리는 자신의 볼에 손가락을 대면서 고민 섞인 표정을 지었다.

"최근에 일어난 일인데……."

세실리의 설명에 따르면 교회 뒤편의 밭에서 기르던 채소를 누군가가 멋대로 먹어치우거나, 교회 안에 있는 냉장고에서 식재료가 사라지는 일이 종종 일어난다고 한다.

범인은 아무런 소리도 내지 않아서 아무도 모르는 사이에 먹을 것만 없어진다고 했다. 인근 주민들에게 물어봐도 수상한 인물을 목격했다는 이야기는 듣지 못한 것 같았다.

"채소 도둑과 냉장고 털이인가요. 범인의 목적을 모르겠군요. 먹을 것을 훔치는 게 목적이라면 이렇게 위험한 곳에 있는 걸 훔칠 필요가 없을 거예요. 잡히기라도 했다간 무슨 짓을 당할지 모르니까요. 그러니 더 안전하고 손쉬운 장소를 고르겠죠."

"저기, 메구밍 양? 아쿠시즈 교단은 그 정도로 악랄하지 않고, 남들에게 미움을 사고 있지도 않거든?"

내가 범인의 목적을 파악하기 위해 머리를 굴리고 있을 때, 융융이 머뭇거리며 입을 열었다.

"메구밍, 이건 원한 관계에서 비롯된 범죄 아닐까? 아쿠시즈 교단에게 심한 짓을 당했던 사람이 복수 삼아서 이런 짓을 벌인 거라든가……."

"원한 문제라는 거군요. ……언니, 혹시 남에게 원한을 살 만한 짓을 한 적은 없나요? 사소한 거라도 괜찮으니 말해 주세요."

내가 그렇게 말하자 세실리는 천장을 올려다보며 생각에 잠겼지만—.

"……잘 모르겠어."

—하고 말하면서 안타까운 듯 고개를 저었다.

아쿠시즈 교단의 프리스트가 남들에게 원한을 사지 않았을 리 없다는 선입견 때문에 좀 무례한 질문을 한 걸지도 모른다.

"그런가요. 이상한 걸 물어서 죄송해요. 뭐, 자기도 모르게 남에게 폐를 끼쳐서 원한을 샀을지도 모르니까……."

"아, 그런 뜻이 아냐. 원한을 산 데가 너무 많아서 고르지 못하겠다고 할까……."

“실망이에요! 방금 제가 한 사과를 돌려주세요! 대체 무슨 짓을 벌이고 다닌 거죠?! 원한을 산 모든 이들에게 사과하러 가죠!”

역시 세실리는 변함이 없었다.

“그건 그렇고, 그렇게 빈번하게 도둑질을 당했는데도 목격자가 없다는 게 불가사의하네. 세실리 씨, 범행 시각은 파악했나요?”

“그게 말이야. 매번 문뜩 확인해보니 사라졌지 뭐야. 그래서 범행 시각을 알 수 없어…….”

세실리는 융융을 쳐다보며 그렇게 말했다.

“언니, 이웃들과는 어떻게 지내죠? 혹시 또 쓸데없이 폐를 끼친 바람에 이웃들이 범인과 한패가 됐다거나…….”

“나도 이웃들과는 가능하면 잘 지내려고 해. 예전에 있던 마을에서는 이웃들과 트러블이 벌어진 바람에 쫓겨날 뻔 했거든.”

대체 이 사람을 어떻게 하면 좋을지 감이 잡히지 않았다.

“아무튼, 단서가 없으면 손쓸 방법이 없어요. 범인은 나중에 찾기로 하고, 우선 판매원이 뭘 파는 건지나 이야기해주세요.”

세실리는 그 말을 듣더니 희희낙락하며 교회 안쪽에 가서 뭔가를 안아들고 왔다.

그것은 새하얀 가루가 가득 들어있는 상자였다.

"……저기, 언니. 이건 설마……."

내가 무슨 말을 하려고 한 순간 세실리가 손가락을 입술에 대며 이렇게 말했다.

"쉿~! 메구밍 양, 아무 말도 하지 마. 이건 입에 넣기만 해도 정말 행복해지는 가루야."

"예엣?!"

융융은 그 말을 듣고 깜짝 놀란 표정을 지었고 아이리스는 영문을 모르겠다는 듯 고개를 갸웃거렸다.

"언니, 이건 불법적인 물건이죠? 걸리면 또 혼날 거예요."

"또?! 그럼 전과가 있는 거야?!"

융융이 시시콜콜 태클을 날리는 가운데, 불법이라는 단어를 들은 아이리스의 눈썹이 꿈틀거렸다.

"후훗. 괜찮아, 메구밍 양. 이건 불법적인 물건이 아냐. 그걸 베이스로 개량에 개량을 거듭해서 만든 특제 가루야. 아직 금지되지 않았고 인체에 해를 끼치지 않는다는 것도 이미 확인됐어. 우후후후, 만약 이것의 존재를 알게 되면, 이 마을 사람들은 이것 없이는 살 수 없는 몸이 될 거야!"

"윽!"

세실리가 수상한 미소를 짓자 융융이 허리춤에 찬 지팡이를 뽑아들었다.

그 지팡이로 세실리를 겨눈 융융은 슬픈 표정을 지으며 호소하듯 말했다.

“세실리 씨는 성격에 문제가 있고 말과 행동은 이상하지만, 이런 짓을 벌일 사람은 아니라고 생각했는데! 세실리 씨와 저는 모르는 사이가 아니니까, 반드시 갱생시키고 말겠어요!”

융융은 말도 안 되는 착각을 한 것 같았다.

그 뒤를 이어 아이리스가 검을 뽑아들며 이렇게 말했다.

“국가에서 불법으로 규정한 물건은 하나같이 이 나라에 해를 끼치는 것들이에요. 그런 걸 개량해서 만든 특제 가루라는 말을 들었으니, 그냥 넘어갈 수는 없어요.”

“잠깐만, 너희는 왜 이 언니를 그렇게 차가운 눈길로 쳐다보는 거야?! 나쁜 짓을 했으면 사과할게! 그리고 이것도 나눠주면 되잖아!”

세실리는 갑작스러운 사태에 직면한 바람에 당황했고—.

“저희에게도 그걸 권하다니……. 설마 메구밍에게도 그걸 권했던 건 아니겠죠?”

“뭐?! ……무, 물론, 이 물건이 얼마나 좋은 건지 알려주려고…….”

융융의 눈이 붉게 빛나기 시작했다.

왠지 예전에도 비슷한 상황을 본 적이 있었다.

“잠깐만! 이 언니의 말을 좀 들어봐! 아무래도 오해를 한 것 같네!”

두 사람이 겁먹은 세실리를 향해 서서히 다가가고 있을 때—.

"뭔가 착각을 한 것 같네요. 이건 어린애나 노인의 목에 걸리기 쉽기 때문에 현재 유통이 금지된 기호품인 우뭇가사리 슬라임 가루예요."

""어?""

무기를 치켜든 두 사람은 그 말을 듣더니 움직임을 멈췄다.

"흑, 흑……. 이번에는 할아버지가 먹더라도 목에 걸리지 않도록 개량한, 그야말로 획기적인 특제 가루인데……."

세실리가 훌쩍거리자 두 사람은 서로의 얼굴을 쳐다보았다.

4

"—정말! 이 언니가 그렇게 수상한 가루를 팔 리가 없잖아! 이래 봬도 나는 성직자란 말이야!"

""죄송해요!""

입장이 바뀐 세실리는 설교를 했고 두 사람은 한 목소리로 사과했다.

매번 세실리가 이런 식으로 오해하기 딱 좋게 설명을 하는 게 문제라고 생각하는데…….

"이건 내가 시간과 정성을 들여서 목에 걸리지 않도록 개량한 획기적인 제품이야. 이대로 우뭇가사리 슬라임이라는 이름으로 팔면 경찰한테 잡힐 테니까 『아쿠시즈 교단의 새하얀 가루』라는 명칭으로 팔까?"

"그런 이름으로 팔면 틀림없이 경찰이 잡으러 올 거라고 생각해요."

한동안 협의를 한 결과, 하다못해 『아쿠시즈 교단의 그거』라는 정체불명의 명칭으로 팔기로 했다.

그런데 진짜로 이걸 팔 생각인 걸까.

애초에 이게 팔리기는 할까.

우리가 그런 생각을 하고 있을 때—.

"그럼 가자! 너희만 있으면 분명 날개 돋친 듯 팔릴 거야!"

세실리는 환한 표정을 지으며 그것이 든 상자를 들었다.

—뭐, 불길한 예감이 들기는 했다.

"두목님? 이렇게 가루를 건네기만 했을 뿐인데, 거금을 받아도 괜찮을까요? 왠지 너무 쉬운 일인데요."

손님 중 한 명에게 그것을 건넨 아이리스가 의아한 표정을 지으며 그렇게 물었다.

나도 그녀와 마찬가지로 그것을 손님에게 건네면서 이렇게 말했다.

"일 자체는 단순하고 편해요. 하지만 저희에게는 거액의 수고료를 받을 권리가 있죠."

나는 세실리 쪽을 힐끔 쳐다보았다.

"자, 저희 교단이 남들에게 공공연하게 밝힐 수 없는 방법으로 만든 『아쿠시즈 교단의 그거』예요~! 사용법은 매우 간

단해요. 물에 녹여서 먹기만 하면 되죠! 탱글탱글하고 미끈미끈한 그게 여러분을 분명 만족시켜줄 거랍니다! 자, 저기 있는 미소녀들이 들고 있는 그걸 맛보고 싶으신 분은 없으신가요~?"

완전 아웃이잖아.

여러모로 완전 아웃이란 말이다.

왜 이 사람들은 사사건건 이런 식으로만 말하는 걸까.

내 옆에서 세실리의 말을 듣고 얼굴을 새빨갛게 붉힌 융융은, 그래도 성실히 손님들에게 그것을 건네고 있었다.

판매원을 뽑을 때 면접을 한다고 말했던 이유를 이제 알 것 같았다.

미소녀에게 그것을 건네게 한다.

하는 짓은 그게 전부지만—.

"저기, 이건 불법적인 그거 맞죠?"

"손님, 아니에요. 이건 개량을 통해 안전기준을 통과한 특제품이에요. 자, 한 번 맛보면 완전 중독되고 말 걸요?"

"주, 주세요! 세 개 주세요!"

판매자가 수상쩍기 그지없는데도, 그 오빠는 일부러 우리 세 명에게서 하나씩 그것을 사갔다.

"언니, 혹시나 해서 묻는 건데, 이건 진짜로 우뭇가사리 슬라임을 개량한 거죠? 입에 넣으면 호로록 넘어가는 녀석 맞죠?"

"맞아. 뭘 상상하는 건지 모르겠지만, 메구밍 양이 말한 게 틀림없어."

나는 언니와 손님의 대화가 마음에 걸린 나머지 괜한 생각을 하고 말았다.

"자, 어서 오세요! 미소녀들이 부끄러워하며 꼭 움켜쥔 그거! 지금은 단돈……. 어머, 저 분은……."

"오, 세실리 양이군요. 오래간만입니다."

지나가던 노신사가 세실리에게 말을 걸었다.

두 사람은 친분이 있는 것 같았다.

"오오, 이건 설마……! 그겁니까? 뜨거운 물에 녹여서 그렇게 하면, 천국을 맛볼 수 있는 바로 그……!"

"예. 그걸 더욱 그렇고 그렇게 해서, 인체에 주는 영향을 최대한 줄인 거죠. 같은 취미를 지닌 동지로서, 조금만 나눠드릴게요."

"진짜로 우뭇가사리 슬라임인 거죠?! 이건 진짜로 평범한 우뭇가사리 슬라임이 맞는 거죠?!"

""쉬잇~!""

보다 못해 그렇게 외친 나는 어찌된 영문인지 혼이 났다.

5

결국 여러 가지 의미에서 수상쩍었던 그것은 순식간에 팔려나갔다.

엉큼하고 위험한 표현이 쓰이기는 했지만, 우뭇가사리 슬라임이 의외로 인기가 있는 식품이라는 사실을 알고 나는 깜짝 놀랐다.

교회로 돌아온 우리는 기분이 좋아 보이는 세실리에게 칭찬을 받았다.

"세 사람 다 참 잘했어! 다음에는 그걸 뜨거운 물에 녹인 다음 손님들이 보는 앞에서 호로록해주면 좋겠는데……."

"안 할 거예요! 메구밍, 이런 일은 이제 안 할 거지?! 나, 왠지 여러 가지 의미에서 엉큼한 아르바이트를 하고 있는 느낌이 드는데……."

융융이 소중한 무언가를 잃어버린 표정을 지었지만 이것은 짧은 시간에 많이 벌 수 있는 아르바이트다.

이걸 관둘 이유가 없는 것이다.

"세실리 언니, 오늘 정말 즐거웠어요! 저, 처음으로 돈을 벌어봤어요!"

"윽! 이리스 양, 그렇게 순수한 눈길로 이 언니를 쳐다보지 마! 왠지 아쿠아 님에게 참회를 해야 할 것 같아!"

아이리스는 순진무구한 눈길로 세실리를 쳐다봤고, 세실리는 자신의 몸을 두 손으로 꼭 끌어안으면서 몸부림을 쳤다.

이윽고 세실리는 우리에게 우뭇가사리 슬라임을 대접하겠다며 도망치듯 부엌으로 향하더니—.

"앗! 또 당했어!"

느닷없이 그런 비명을 질렀다.

—우리는 부엌에 가서 단서가 없는지 찾아봤다.

"교회를 나서기 전에는 식재료가 들어 있었던 거죠?"

"응. 틀림없어. 여기에 우뭇가사리 슬라임 가루를 보관해 두거든. 그걸 가지러 오면서 식재료를 체크했었어."

범행은 우리가 그 묘한 물건을 팔러 갔던 약 한 시간 동안 벌어진 게 틀림없다.

얼마나 많은 식재료를 가져간 건지는 모르겠지만, 교회 밖에 숨어서 우리가 이곳을 나서는 모습을 확인하지 않았다면 이렇게 깔끔하게 해내지는 못했을 것이다.

바로 그때, 아이리스가 갑자기 입을 열었다.

"세실리 언니, 여기 좀 보세요! 수상한 자국이 있어요! 뭔가를 질질 끌고 간 흔적인데, 범인이 먹을 것을 가져가면서 남긴 게 아닐까요?"

그쪽을 쳐다보니 바닥에 기름을 머금은 무언가를 댄 채 그대로 질질 끌고 간 흔적이 남아 있었다.

세실리는 그것을 보더니 진지한 표정으로 고개를 끄덕이며 이렇게 말했다.

"얼마 전에 튀김을 만들다가 넘어지면서 기름을 쏟은 적이 있어. 기름 범벅이 된 후 나한테 회복 마법을 걸면서 버둥거린 게 기억이 나."

이 사람은 진짜 평소에 무슨 짓을 하고 다니는 걸까.

바로 그때, 마도냉장고를 열어본 융융이 뭔가를 발견했는지 이렇게 외쳤다.

"세실리 씨, 여기 좀 보세요! 냉장고 안에 남성용 속옷이 있어요! 여성이 사는 교회 냉장고에 이런 게 있는 걸 보면, 범인은 분명 변태가 틀림없어요!"

내가 그 말을 듣고 냉장고 안을 보니 거기에는 차가워진 팬티가 놓여 있었다.

융융은 같은 여성으로서 이런 성희롱을 못 본 척 할 수 없는 것 같았다.

그녀는 팬티를 손에 쥐더니 치를 떨며 그것을 움켜쥐었다.

세실리는 그런 융융을 쳐다보고 또 진지한 표정으로 고개를 끄덕였다.

"그건 집에 냉장고가 없는 남성 아쿠시즈 교도가 넣어둔 거야. 목욕 직후에 차가운 팬티를 입지 않으면 마음이 진정되지 않는대. 그래서 매일 같이 대중목욕탕을 갔다가 집에 돌아가는 길에 여기에 들러."

융융이 팬티를 내던진 순간, 세실리는 각오를 다진 표정을 지으며 이렇게 말했다.

"이대로는 답이 없을 것 같네. 메구밍 양, 이렇게 되면 나한테 원한이 있는 사람들을 한 명 한 명 다 찾아가서 추궁해 보자! 메구밍 양은 내 뒤편에서 붉게 빛나는 눈으로 상대를 쳐다보며 지팡이를 휘둘러대기만 하면 돼. 그리고 나는 이렇게 말할 거야! 나한테 할 말이 있지 않아? 솔직하게 털어놓지 않으면, 내 뒤편에 있는 홍마족이 무슨 짓을 할지……."

"협박에 협력할 생각은 없거든요?! 제대로 이야기를 나누란 말이에요!"

—우선 첫 용의자로서, 아쿠시즈 교회 인근에 있는 정육점 아저씨한테 이야기를 들어보기로 했다.

"자, 순순히 자백을 하세요! 저번에 제가 「열네 살 정도 된 여자애의 볼만큼 부드러운 고기를 주세요」라고 부탁했을 때, 당신은 그딴 건 모른다면서 어이없어 했죠? 그 후에 제가 『그 정육점은 고기의 품질도 제대로 모르는 엉터리 가게다』라는 소문을 퍼뜨린 걸 알고 화가 나서 범행을……."

"어이, 잠깐만 있어봐! 일전에 어이없는 주문을 하며 영업 방해를 해댄 걸로 모자라 그딴 소문까지 퍼뜨린 거냐?! 나와 같이 경찰서에 가자! 영업 방해로 고발해주겠어!"

"아앗, 자, 잠깐만요! 경찰서는 안 돼요! 요즘 거기에 갈 때마다 꽤 괜찮게 생긴 젊은 오빠가 경멸에 찬 눈길로 쳐다본단 말이에요! 하다못해 그 오빠에게 애인이 없는지 확인한 다음에……!"

……그냥 내버려두고 돌아가 버릴까.

내가 그런 의미가 담긴 눈길을 융융에게 보내자, 웬일로 나와 마음이 맞은 듯한 그녀가 고개를 끄덕였다.

좋아, 돌아가자.

"……저기, 아저씨. 잠깐만 기다려주세요. 저도 사과할 테니, 세실리 언니를 용서해주시지 않겠어요?"

이러지도 저러지도 못할 분위기가 형성된 가운데, 느닷없이 순진무구한 소녀의 목소리가 주위에 울려 퍼졌다.

"으음, 뭐, 경찰서에 가자는 건 좀 심했나. 뭐, 저 아가씨를 봐서 용서해줄 테니까 앞으로는 그런 짓을 하지 마."

아이리스가 애원하는 시선으로 쳐다보자, 정육점 아저씨는 고개를 휙 돌리면서 세실리를 향해 그렇게 말했다.

그가 가게로 돌아가는 모습을 지켜보고 있던 세실리는 울먹이며 아이리스의 품에 안겼다.

"아아아! 이리스 양, 고마워! 상으로 이 언니의 동생으로 삼아줄게!"

"아뇨, 그건 좀……. 최근에 새로운 오빠가 생겼거든요……."

당황한 아이리스를 쳐다보며 세실리를 떼어낼 찬스를 놓친 걸 아쉬워하고 있을 때—.

"방금은 정말 위험했어. 저 아저씨의 유도신문에 당했네."

"언니가 멋대로 지껄이다 멋대로 당했을 뿐이잖아요."

세실리는 몸을 일으키더니 내 태클을 개의치 않고 이렇게 말했다.

"다음은 저기야! 가장 가까운 곳부터 하나하나 가보려는 생각 자체가 잘못됐어! 가장 확률이 높아 보이는 곳부터 쳐들어갈 걸 그랬다니깐!"

세실리는 그렇게 외친 뒤 우리 대답도 듣지 않고 어딘가를 향해 뛰어갔다.

"활동적인 분이군요……."

아이리스는 그렇게 말했지만 저 사람은 활동적이라기보다 아무 생각도 없을 뿐이라고 생각했다.

"……저기, 메구밍. 역시 오늘은 도시락만 먹고 돌아가는 편이 좋지 않았을까?"

나는 그 말에 반론을 할 수 없었다.

6

세실리의 뒤를 쫓아가보니, 아니나 다를까 그곳은 아쿠시즈 교단의 숙적이라 할 수 있는 이들의 본거지였다.

"어이, 에리스 교도! 빨리 튀어나와! 내가 아껴뒀던 푸칭푸릉을 돌려줘!"

세실리는 에리스 교단의 교회 문을 마구 걷어차며 그렇게 외쳤다.

"이리스 양, 보면 안 돼! 너는 저런 모습을 보지 마. 깨끗한 마음을 안고 계속 성장하는 거야."

융융은 세실리의 그런 모습을 보여주지 않기 위해 아이리스의 눈을 두 손으로 가렸다.

"언니, 느닷없이 뭘 하는 거예요? 에리스 교단과 사이가 나쁘다는 건 알지만, 무턱대고 넘겨짚는 거 아니에요?"

나는 세실리를 끌고 가려고 했으나 그녀는 문을 뻥뻥 걷어차며 한사코 버텼다.

바로 그때였다.

"또 온 겁니까! 이제 우리 교회에 오지 말라고 몇 번이나 부탁했지 않습니까!"

교회 문이 열리더니 에리스교의 프리스트가 모습을 드러냈다.

—우리는 자초지종을 설명했고 에리스교의 프리스트는 땅이 꺼져라 한숨을 내쉬었다.

"저기, 저희는 평소에 모험가들의 상처를 고쳐주거나 가난한 이들에게 배급을 하느라, 그쪽 교회에 쳐들어갈 만큼 한가하지 않습니다. 그리고 먹을 게 부족하지도 않죠. 에리스님을 모시는 저희가 도둑질을 할 리 없지 않습니까."

"거짓말쟁이! 진짜로 먹을 게 부족하지 않다면, 일전에 내가 당신네들 앞에서 보라는 듯이 꼬치구이를 씹어 먹을 때

그런 눈길로 쳐다보지 않았을 거야!"

"언니, 그런 짓도 한 거예요?"

내가 어이없어 하며 그렇게 말하자 에리스교의 프리스트는 약간 움찔하고 입을 열었다.

"에리스교에서는 검소한 생활을 미덕으로 삼습니다. 눈앞에서 꼬치구이를 먹는다고—."

"아, 또 거짓말을 했어! 단백질이 부족하니까 에리스 교도는 가슴이 자라지 않는다는 말을 듣고 꽤 고민했었잖아!"

"이, 이 배교자 놈! 헛소리를 지껄이지 마라!"

나는 또 다투기 시작한 두 사람을 말리면서 무심코 쓴 소리를 했다.

"두 사람의 종파가 견원지간인 건 알지만, 그래도 성직자라는 사람들이 왜 이렇게 싸우기만 하는 거죠?"

에리스교 프리스트는 세실리와 같은 수준이 된 게 부끄러운지 얼굴을 새빨갛게 붉혔다.

"윽……. 부, 부끄럽습니다."

"얼레리꼴레리, 혼이 났대요~!"

"언니도 마찬가지예요!"

내가 뒤편에서 도발을 하고 있는 세실리 때문에 어이없어 하고 있을 때—.

"하지만 가슴에 패드를 넣은 이 프리스트도 모른다면 대체 누구 짓이지……. 짐작 가는 사람이 너무 많아서 누구 짓인지 감이 오지 않는데……."

"당신, 적당히 안 하면 메이스 들고 당신네 교회에 쳐들어갈 거예요."

에리스교의 프리스트가 가슴을 가리며 그렇게 말하자, 나는 세실리에게 억지로 사과를 하게 한 다음 그 자리를 벗어났다.

이건 진짜로 원한 관계에서 비롯된 범행일까.

방금 에리스 교도의 반응을 보면 알 수 있듯, 아무리 열이 받더라도 사람들은 아쿠시즈 교도와 얽히는 걸 피한다.

그런데 자기들에게 폐를 끼쳤다고 일부러 찾아가면서까지 앙갚음을 하려고 할까?

"언니, 교회에 다시 돌아가지 않겠어요?"

나는 에리스 교회의 간판에 낙서를 하려다 융융과 아이리스에게 제지를 당한 세실리를 향해 그렇게 말했다.

"—또 당했어."

교회에 돌아온 세실리는 그렇게 중얼거리면서 털썩 주저앉았다.

"피해를 얼마나 입은 거죠? 아까 전과 딱히 달라진 것 같지는 않은데요……."

내가 주저앉은 세실리를 곁눈질하며 냉장고 안을 살펴보니 크게 달라진 건 없어 보였다.

"안쪽에 넣어뒀던 우뭇가사리 슬라임이 없어졌어……. 이걸로 대체 몇 번째인지 모르겠네……. 내가 좋아하는 것만 노리는 걸 보면, 혹시 이것도 마왕군의 짓 아닐까?"

"마왕군이 일개 교회의 냉장고에서 간식을 훔쳐가는 건 말도 안 되잖아요. 그것보다 좀 신경 쓰이는 게 있어요."

아까 아이리스는 뭔가가 바닥을 기어 다닌 듯한 흔적을 발견했었다.

그리고 현재 그 흔적이 교회 뒷문 쪽으로 이어져 있었다.

그러고 보니 피해를 입은 것은 냉장고 안에 있는 것들과 교회 뒤편에 있는 밭에서 기르던 농작물이라고 한다.

내가 밭으로 이어지는 문을 힘차게 열어보니—!

"……저기, 언니. 우뭇가사리 슬라임이 채소를 먹고 있는데요."

"아앗, 말도 안 돼?! 분명 숨통을 끊어놨던 슬라임이 저렇게 열심히 채소를 먹다니……! 설마 아쿠아 님께서 기적을 일으키신 걸까?!"

"세실리 씨, 범인은 슬라임이었잖아요! 의심한 사람들에게 사과하세요!"

"—안타까운…… 사건이었어……."

범인은 세실리가 개조를 하는 바람에 생명력이 강해진 슬라임이었다.

눈곱만큼도 반성하지 않으며 그윽한 눈길이나 머금고 있는 세실리에게 나와 융융이 설교를 하자, 아이리스는 그만하라면서 우리를 말렸다.

"정말, 이리스는 아쿠시즈 교도에 관해 너무 몰라요. 세상물정을 몰라도 너무 모른다니까요."

"하지만 세실리 언니는 그렇게 나쁜 분이 아니라고 생각해요……. 저, 사람을 보는 눈에는 자신이 있거든요."

그 눈은 아쿠아와 비슷한 정도의 옹이구멍이라고 생각한다.

한편, 우리에게 꾸짖음을 당했던 세실리의 반응이 좀 이상했다.

시키지도 않았는데 바닥에 무릎을 꿇고 앉아있던 세실리는 몸을 부들부들 떨면서—.

"이리스 양, 너는 아쿠시즈 교단에 입교해야 할 사람이야! 그래! 틀림없어!"

"이리스, 오늘은 이만 돌아가죠. 애초에 당신을 이곳에 데려온 것 자체가 실수였어요. 두 번 다시 여기에 데려오지 않을 테니, 오늘 있었던 일은 전부 잊으세요."

아이리스를 성 밖에 데려온 것만으로도 큰일인데, 아쿠시즈교에 입교하기라도 했다간 우리는 사형에 처해지고 말 것이다.

"세실리 언니, 저는 아쿠시즈교의 가르침을 몰라요. 가르쳐주지 않겠어요?"

“잘 물어보셨어요! 이리스 양은 뭔가를 참은 적 없어? 우리 아쿠시즈 교단에선 참는 것은 몸에 좋지 않으니 하고 싶은 대로 하면서 살라고 가르쳐. 하고 싶은 일을 하면 돼. 어리광을 부려도 돼. 만약 좋아하는 사람이 있다면 설령 그 상대가 제 아무리 높은 신분이더라도 참지 말고, 아니, 좋아하는 사람의 신분을 자기에게 걸맞을 만큼 낮출 작정으로 행동하면 돼.”

“이리스 양, 들으면 안 돼! 자, 귀를 막아!”

세실리가 희희낙락하면서 아쿠시즈교의 가르침을 말해주자 융융은 아이리스의 귀를 막았다.

—바로 그때였다.

교회의 문이 열리더니, 귀에 익은 목소리가 들렸다.

“금발벽안의 귀여운 소녀가 이곳으로 끌려갔다는 이야기를 들었다. 다들 저항하지 말고 순순히…… 아앗, 이리스 님! 여기 계셨군요!”

문을 열면서 나타난 흰색 정장 차림의 여성은 바로 아이리스의 호위인 클레어였다.

그녀를 본 아이리스는 고개를 푹 숙였다.

“벌써 마중을 온 건가요…….”

“이리스 님, 마중을 온 게 아닙니다! 애초에 이리스 님께서 밖을 돌아다니는 걸 허락한 적이 없습니다!”

탈주에 익숙해진 아이리스에게 클레어가 무심코 태클을 날렸다. 바로 그때 세실리가 슬며시 클레어에게 다가가며 이렇게 말했다.

"으음, 처음 뵙는 분이군요. 만나서 반가워요. 저는 이 교회의 책임자이자 프리스트인 아쿠시즈 교단 액셀 지부장, 세실리라고 해요. 이리스 양은 저희 교회에서 성심성의를 다해 보호하고 있었으니 걱정하실 필요가 없어요. 그러니 안심하세요."

우리에게 보호를 받고 있던 세실리는 그렇게 말하더니 아쿠시즈 교도 답지 않게 진지한 태도로 클레어를 대했다.

"예? 아, 감사합니다."

클레어는 그 말을 듣고 잠시 당황했지만—.

"저는 이리스 님의 호위인 클레어라고 합니다. 이리스 님을 보호해주셔서 감사합니다. 아쿠시즈 교단에도 당신 같은 분이 계셨군요."

—하고 말하면서 자세를 바로 하더니 깊이 고개를 숙였다.

이 언니는 예전에 카즈마를 베려고 했을 만큼 성미가 급하지만 아이리스를 위해서라면 이런 태도도 취할 수 있나보다.

내가 마음속으로 감탄하고 있을 때였다.

"그래요. 이리스 양의 호위시군요……. 실은 마침 이리스 양에게 아쿠시즈교의 교의를 가르쳐드리던 참이랍니다. 어떠신가요? 당신도 같이 들어보시지 않겠어요?"

"아, 아쿠시즈교의 교의?! 괘, 괜찮습니다. 엄청난 문제가 될 수도 있…… 아, 그러니까, 이리스 님은 아직 성인이 아니시니 그런 걸 배우면 곤란하다고 할까요……. 애초에 이리스 님께서는 공명정대한 관점을 유지해주셔야만 하니, 특정 종파에 심취하시는 건 곤란합니다만……."

상대방이 양식적인 여성 성직자라 세게 나갈 수가 없는지 클레어는 완곡적인 표현을 쓰며 사양하려 했다. 하지만—.

"당신은 아쿠시즈교에 적성이 있군요. 저는 알 수 있어요. 동지의 냄새가 나거든요."

"도, 동지의 냄새……."

클레어는 약간 질색을 하면서 옷소매에 코를 대고 냄새를 맡아봤다.

"당신은 이루어질 수 없는 사랑을 하고 있지 않나요? 용서받을 수 없는 마음을 가슴에 품고 있지 않나요? 아쿠시즈교에서는 상대방이 언데드와 악마만 아니라면, 동성이거나 신분이 차이나더라도 전부 허용된답니다."

"동성이거나 신분이 차이나더라도?! 그, 그건……. 아니, 하지만……."

아쿠시즈교의 어떤 점이 심금을 울린 건지는 모르겠으나 클레어는 명백하게 동요했다.

"자, 너무 참으면 몸에 좋지 않아요. 참는다는 건 아쿠시즈교의 교의를 위반하는 행동이죠. 당신이 원하는 대로, 바라는 대로……!"

"아아아아앗! 오, 오늘은 이만 돌아가 보겠습니다! 이리스 님, 작별 인사를 하시죠!"

이곳에 더 있으면 안 된다고 생각한 클레어는 이리스의 팔을 잡고 서둘러 교회를 나가려 했다.

"……그럼 두목님, 융융 씨, 세실리 언니. 내일 또 봐요!"

"내일 또 보다니요! 절대 보내드리지 않을 겁니다! 내일은 하루 종일 감시할 거예요!"

아까까지만 해도 돌아가게 되어서 풀이 죽어 있던 아이리스는, 어찌된 영문인지 밝은 표정으로 그렇게 말한 뒤 우리를 향해 손을 흔들며 돌아갔다.

"—거의 걸려들 뻔 했는데, 놓치고 말았네요……."

세실리는 아쉬워하면서 그렇게 중얼거렸다.

걸려들 뻔한 사람은 아이리스일까, 클레어일까.

둘 다 잘 밀어붙이면 아쿠시즈 교단에 입교할 것 같아서 왠지 무서웠다.

"저기, 메구밍. 저 클레어 씨라는 사람이 아까 「이리스 님께서는 공명정대한 관점을 유지해주셔야만 하니」 같은 말을 했었잖아? 혹시 이리스 양은……."

융융은 갑자기 말을 멈추고 고개를 세차게 저었다.

자신의 생각이 말도 안 된다는 듯이 말이다.

나는 그런 융융을 내버려둔 후 세실리를 향해 돌아섰다.

"언니."

"세실리 언니야~ 하고 불러줬으면 좋겠네……."

나는 여전히 마이페이스한 세실리를 향해 이렇게 말했다.

"사실 저희는 오늘 하루만이 아니라 앞으로도 계속 아르바이트를 하면서 돈을 벌고 싶어요."

"그건 우리로서도 바라는 바야. 『아쿠시즈 교단의 그거』 이외에도, 돈이 될 만한 아이디어가 잔뜩 있거든. 『미소녀가 만든 주먹밥』, 『미소녀의 숨결이 담긴 풍선』, 『미소녀가……』."

"전부 미소녀가 만들었을 뿐인 거잖아요! 가능하면 좀 더 제대로 된 일거리가 좋겠는데요……."

세실리는 내 말을 듣더니 후훗 하고 즐겁게 웃었다.

"돈을 벌고 싶은 건 방금 돌아간 이리스 양과도 연관이 있는 거야?"

평소에는 바보 같은 세실리가 꼭 이럴 때만 내 생각을 꿰뚫어보는 듯한 말을 했다.

"뭐, 그 애와도 조금은 연관이 있어요. 저희가 안정적인 자금을 얻을 수 있게 되어서 점점 조직을 키워나가면, 언젠가 그 사람을 도와 마왕을 쓰러뜨리는 것도 꿈은 아니라고 믿거든요……."

"마왕을 쓰러뜨리는 것도 꿈은 아니다? 거창하네!"

그렇다. 꿈은 아닐 것이다.

가면을 쓴 그 도적이라면 왠지 마왕조차 쓰러뜨릴 것 같았다.

그리고 만약 마왕을 쓰러뜨린다면—.

“마왕이 없는 평화로운 세상이 되면, 그 애도 지금보다는 자유롭게 돌아다닐 수 있을 거라고 생각해요.”

그렇게 되면 소풍도 마음대로 갈 수 있을 것이다.

내가 소풍을 가자고 하면 그 애도 기뻐할 게 틀림없다.

“저는 돈을 버는 재주가 없어서 그러는데, 협력해주지 않겠어요? 언니는 돈을 버는 데 재주가 있는 것 같거든요.”

사실 그 남자에게 부탁해도 될 일이기는 했다.

하지만 조직을 더욱 크게 만든 다음에 자랑하고 싶다는 생각이 들었다.

융융도 이 골치 아픈 언니에게 의지하는 걸 찬성하는지, 약간 기쁜 표정을 지으며 고개를 끄덕였다.

하지만—.

“그 제안을 간단히 받아들일 수는 없어.”

세실리는 동정심을 자극하는 말에 속지 않는다는 듯 고개를 젓더니—.

“나는 로리 소녀를 사랑하는 아쿠시즈 교도야. 이리스 양과 메구밍 양, 융융 양이 그렇게 재미있는 일을 벌이고 있다면…….”

—하고 당치도 않은 소리를 한 후, 눈을 반짝이면서 이렇

게 말했다.

"이 언니를 그 수상한 조직에 넣어주면 도와줄게!"

7

"—다녀왔습니다~."

"어서 와라, 메구밍. 오늘은 내가 요리 실력을 발휘해서 맛있는 걸 준비했다! 기대해다오!"

오늘도 저택에 돌아가 보니 다크니스가 거친 콧김을 뿜으며 나를 맞이해줬다.

바로 그때, 거실 소파에 드러누워 있던 카즈마가 이렇게 말했다.

"저기, 메구밍. 메구밍도 말려봐. 이 녀석, 내가 어제 자기가 만든 요리에 트집을 잡았다고 오늘이야말로 내 코를 눌러주겠다면서 성가신 짓을 벌이고 있다고!"

"성가신 짓은 무슨! 네놈이 나를 우롱하니까 이러는 것 아니냐! 두고 봐라! 여자로 태어나 백수 따위에게 요리로 질 수는 없다! 오늘이야말로 반드시 이겨주마!"

다크니스가 화를 내며 부엌으로 향하자—.

"어이, 다크니스. 나, 아무리 고급 요리라도 질퍽한 건 좋아하지 않는다고! 내가 좋아하는 건 정크푸드 같은 녀석이야. 오늘은 기름진 게 먹고 싶네."

"기름진 거……. 이미 요리를 만들기 시작했다만 어쩔 수 없지. 추가로 딴 것도 만들어야겠구나. 하아, 그런 어리광 같은 소리는 좀 일찍……."

바로 그때, 아쿠아가 다크니스의 말을 끊으며 이렇게 말했다.

"나는 산뜻한 게 좋은데. 뭐랄까, 좀 후루룩 넘어가는 게 먹고 싶어."

"후루룩……. 으음, 면 요리가 먹고 싶다는 것이냐? 으으, 어쩔 수 없지. 그것도 이제부터 추가할까……. 메, 메구밍은 요구 사항이 없느냐?"

아쿠아에게도 추가 주문을 받은 다크니스가 나에게 그렇게 말했다.

"이미 요리를 시작한 거죠? 그럼 됐어요. 다크니스가 만든 요리는 평범하지만, 맛이 없지는 않으니까요."

"메구밍, 너만이라도 평범하다고 말하지 말아다오! 그래도 묘한 주문을 하지 않아서 고맙구나. 이제부터 요리를 추가로 만들 거니까, 잠시만 기다려다오."

다크니스가 그렇게 말하며 부엌에 들어가자 아쿠아가 보드게임을 들고 소파에 누워 있던 카즈마에게 다가갔다.

"카즈마 씨, 카즈마 씨. 저녁 식사가 다 될 때까지 나와 한 판 붙자. 나, 오늘은 평소와 달라. 왜냐면 끝내주는 비책이 있거든."

아쿠아는 패배의 복선으로 들리는 소리를 하면서 장기말을 배치했다.

"끝내주는 비책이 대체 뭔데? 얼마 전에도 그런 소리를 해놓고 「시간제한이 없으니까 소걸음 전술을 쓸래! 머리로는 이기지 못해도 체력으로는 안 져! 밤샘을 해야 될 정도로 시간을 끌어줄 테니까 어디 버텨봐!」 같은 영문 모를 소리를 지껄이더니 겨우 10분 만에 잠들었잖아."

"시끄러워. 지금의 나는 그때와 달라. 후훗, 이번에는 진짜 끝내주거든? 선수는 카즈마에게 양보할게. 자, 시작하자."

아쿠아는 자신만만한 어조로 그렇게 말했고 카즈마는 장기말을 옮겼다.

"걸려들었구나, 카즈마! 나는 머리가 좋아서 눈치챘어. 일부러 후수가 된 다음, 상대와 똑같은 수만 두는 거야! 즉, 대전 상대는 자신과 똑같은 실력을 지닌 사람과 승부를 하게 되는 거지. 하지만 이 방법을 쓰는 사람은 바로 나야. 즉, 상대의 힘만으로는 비등비등한 승부가 펼쳐지겠지만, 거기에 내 힘이 더해지면 어떻게 될까?"

아쿠아는 자신만만한 목소리로 그렇게 말하면서 카즈마와 완전히 똑같은 수를 뒀다.

"이 획기적인 작전은 그 어떤 상대에게도 이길 수 있는 무시무시한 비책이야! 나는 그저 아무 생각 없이 상대와 똑같은 수를 두기만 하면 돼. 그렇게만 해도 상대는 서서히 지치게 되고, 실수를 범한 순간에 내가 진짜 실력을 발휘하면……!"

아쿠아는 갑자기 말을 멈췄다.

아무래도 벌써 위기에 처한 것 같았다.

상대방의 흉내만 냈다간 선공인 상대방에게 농락당하고 마는 것이다.

나는 끙끙대며 고민을 하고 있는 아쿠아를 곁눈질한 뒤, 내 발치로 다가온 촘스케를 안아들고 오늘 있었던 일을 보고했다.

"카즈마, 오늘 성과는 상당했어요. 우선 우리 군단이 앞으로 활약하기 위한 안정적인 자금원 획득에 성공했어요. 이제 목표를 향해 크게 한 걸음 내디뎠다고 할 수 있을 거예요."

카즈마는 내 말을 듣더니 게임 판에서 눈을 떼지 않은 채 이렇게 말했다.

"그거 잘 됐네. 뭐, 자금을 모으기 위해 아르바이트라도 한 거야?"

"예. 길드의 의뢰를 받아서 슬라임을 쓰러뜨렸어요."

카즈마는 말을 옮기면서 말을 이었다.

"슬라임 퇴치? 뭐, 네 레벨이라면 그 정도는 하나도 위험하지 않겠지만, 다른 애가 위험에 처하면 도와주라고. 아, 장군이네."

"저기, 뭔가 좀 이상하거든? 같은 수를 두는데, 왜 내가 불리해지는 거야?"

아무래도 내가 하는 짓을 아직도 애들 장난이라고 생각하는 것 같았다.

근처에 사는 애들과 슬라임 퇴치를 했다고 생각하는 걸까.

뭐, 좋다.

더욱 조직을 키워서, 카즈마가 깜짝 놀랄 정도의 규모가 됐을 때 가르쳐주는 것도 나쁘지 않을 것이다.

"자, 식사 준비가 끝났다. 오늘이야말로 단 한 마디도 불평을 하지 못할 거다. 다들 테이블로 와라!"

나는 다크니스가 만든 요리를 테이블로 옮기는 것을 도우면서—.

"아, 말할 게 하나 더 있어요."

아쿠아가 장기말을 옮기자마자, 한 치의 주저도 없이 반격을 해서 단숨에 결판을 낸 카즈마를 향해 이렇게 말했다.

"새로운 단원을 영입했어요."

엇나가는 도적단
제3화

1

—순조롭다.

우선, 도적단 결성 당일에 비밀기지……가 아니라, 거점이 될 아지트와 강력한 말단 전투원을 손에 넣었다.

그리고 얼마 전에는 정기적인 용돈…… 아니, 도적단의 자금원 및 회복마법 사용자를 얻는 데도 성공했다.

솔직히 말해서 이렇게 일이 순조롭게 풀릴 거라고는 생각도 못했다.

아니, 당초에 예상했던 것보다 규모가 커진 것 같았다.

왜냐면—.

"메구밍 양, 내 말 좀 들어봐! 이 언니가 우리 도적단에 관한 내용이 담긴 편지를 아쿠시즈 교단의 본부에 보냈더니, 입단 희망 문의가 쇄도하고 있대. 이건 단숨에 세력을 확대할 기회 아닐까?"

우리가 거점으로 삼고 있는 액셀 마을에서 가장 큰 저택에 자기 짐을 옮겨다놓고, 지금은 이 저택의 주인이라도 되는 양 행동하고 있는 세실리가 그런 소리를 했다.

"……아쿠시즈 교도인가요. 저기, 생각 좀 해볼게요."

비싸 보이는 소파를 점령한 후, 그 위에서 데굴거리고 있는 세실리의 모습은 우리 저택에 있는 아쿠아를 연상케 했다.

아쿠시즈 교도가 전부 이런 사람이라면 입단을 거부하고 싶지만―.

"나 이외에는 전부 로리 소녀로 구성되어 있다고 적었더니, 제스터 님이 교주를 관두고 입단하겠다고 해서 난리가 났나 봐. 곤란한 일이 생기면 아쿠시즈 교단이 얼마든지 도와주겠대."

"고, 고마워요. 그런 일이 생기면 꼭 부탁드릴게요."

왠지 기운이 쭉 빠진 것은 폭렬마법을 사용한 직후라 그런 것만은 아니리라.

내가 세실리와 마찬가지로 소파에 몸을 맡기자 편지를 쓰고 있던 융융이 머뭇거리면서 입을 열었다.

"저, 저기, 메구밍? 나도 얼마 전에 아버지에게 편지를 보냈는데, 왠지 멋지고 즐거워 보인다며 홍마의 마을에도 입단하고 싶은 사람이 잔뜩 있다는 답장이 왔는데……."

"…………아뇨. 홍마족 여러분은 마왕성 감시라는 중요한 일을 담당하고 있는데다, 왕도가 위기에 처하는 등의 긴급사태에 대비한 비장의 카드니까 이런 곳에 오면 안 되잖아요."

홍마의 마을 사람들이라면 실력으로는 나무랄 데가 없다.

그렇다. 마왕성에 쳐들어갈 거라면 전혀 문제될 게 없지만 상대는 어디까지나 악덕 귀족이다. 게다가 우리는 강도가 아니라 의적인 것이다.

"맞아. 동료가 늘어난다고 좋아할 게 아니네. 그럼 곤란한 상황에 처하면 협력해달라고 답장을 보내둘게.”

“그, 그래요. 그런 상황에 처하면 꼭…….”

내가 말끝을 흐리는 가운데, 동료가 늘어나는 걸 그 무엇보다 기뻐하는 만년 외톨이가 미소를 지었다.

역시 당초 예상했던 것보다 규모가 커질 것 같은 예감이 들었다.

그렇다. 왜냐하면—.

“저번에 아버님에게 친구와 정의의 단체를 만들었다고 자랑했더니, 인원이 필요하면 솜씨 좋은 기사를 몇 명이든 데려가래요. 그리고 자금이 필요하면 얼마든지 대주겠다고 하셨어요! 두목님, 곤란한 상황에 처하면 저한테 언제든지 말하세요!”

……응. 정말 순조롭다.

하지만 왠지 내가 처음에 생각했던 단체와는 규모가 매우 차이나는 느낌이 들었다.

2

그런고로—.

“세 사람한테서 입단 희망자 명부를 받았지만, 양이 많아서 전부 살펴볼 수 없었어요. 게다가 이들을 다 받아들이면

웬만한 기사단이나 용병단보다 숫자가 많을 것 같네요. 하지만 저희의 목적은 현상금이 걸리더라도 자신의 길을 나아가는 은발도적단을 몰래 돕는 건데, 이래서야 몰래 돕는 건 무리예요."

잠시 휴식을 취해서 몸을 움직일 수 있을 만큼 마력이 회복된 나는 세 사람에게 받은 종이다발을 훑어보았다.

아쿠시즈 교도와 홍마족, 왕도에서도 유명한 기사와 실력파 모험가…….

우리의 목표는 그 사람들 같은 소수정예 도적단이다.

결코, 별생각 없이 시작했는데 일이 생각보다 커져서 당황한 것은 아니다.

내가 설명을 하자 융융은 입가를 히죽거렸다.

"……어이, 할 말이 있으면 어디 해보실까."

"딱히 없거든~? 메구밍은 여전히 뜻밖의 사태에 약하네~ 같은 생각은 눈곱만큼도 안 했어."

남의 성격을 꿰뚫어본 듯한 발언을 하는 외톨이에게 확 달려들자고 마음먹은 순간, 아이리스가 안절부절 못하면서 입을 열었다.

"두목님이 하고 싶은 말이 뭔지는 알겠지만, 하다못해 몇 명은 더 모아야 하지 않을까요? 마법사 두 명에 프리스트 한 명, 그리고 저는 검과 마법을 둘 다 쓸 수 있으니 이 파티에서는 전위를 담당할 수 있지만, 그래도 최소한 전위가

한 명은 더 있었으면 좋겠어요."

"우리의 목적은 모험을 하며 몬스터를 쓰러뜨리는 게 아니니까, 딱히 균형을 맞출 필요는 없어요. 그리고 귀족 저택을 습격하기에는 이미 전투력이 너무 강하다는 느낌마저 들어요."

홍마족 아크 위저드 두 명에 용사의 피를 이어받은 밸런스 브레이커 공주님까지 있는 것이다.

남은 한 명의 실력은 잘 모르겠지만, 만일의 사태에 대비한 회복요원으로서 함께 해주기만 해도 충분히 도움이 된다.

하지만 아이리스는 난처한 표정을 지으며 이렇게 말했다.

"저기, 때로는 모험도 하지 않겠어요? 그리고 저도 후배 단원이 있었으면 좋겠어요. 항상 말단 부하인 건 좀……."

"……뭐, 저 외톨이도 모험을 하고 싶은 것 같으니 한 번 생각해보죠. 그것보다 그런 어이없는 이유로 신입 단원을 들이고 싶었던 건가요? 어쩔 수 없군요. 당신을 제 왼팔로 승진시켜줄 테니까 참으세요. 참고로 융융이 오른팔이니까, 당신은 이제부터 우리 조직의 넘버 3예요."

오른팔과 왼팔이라고 해도 급료를 받는 것은 아니고 수당도 나오지 않는다.

게다가 네 명밖에 안 되는 조직에서 넘버 3라고 해봤자 큰 의미도 없지만, 그래도 아이리스는 그 말을 듣고 순수하게 기뻐했다.

아무리 강해도 결국은 꼬맹이다.

어쩌면 이 애는 융융에게 버금갈 정도로 손쉬운 애일지도 모르겠다.

"저기, 메구밍 양?! 이 언니는 아무것도 없는 거야?! 이 언니한테도 남에게 자랑할 만한 직함을 줘!"

문제는 아이리스보다 더 어린애 같은 데가 있는 이 어른이다.

세실리가 내 어깨를 움켜쥐고 흔들자—.

"언니는 아쿠시즈 교단의 액셀 지부장이죠? 이미 충분히 멋진 직함을 가지고 있잖아요."

"그런 거 말고! 나도 오른팔이나 왼팔, 애인, 불륜녀, 남편, 아내처럼 친밀한 느낌이 드는 직함이 가지고 싶어!"

"중간부터 이상한 단어가 섞였어요! ……그럼 상담역 같은 건 어떤가요? 프리스트니까 참회 같은 걸 들을 일도 있죠? 만약 난처한 일이 생기면 언니와 상담을……. 상담……."

이 사람과 상담을 해……?

"왜 말끝을 흐리는 거야?! 난처한 일이 생기면 언제든지 이 언니와 상담해! 특히 연애 상담 같은 건 내 특기야! 메구밍 양도 사춘기니까 그런 쪽 상담을 해줄 사람이 필요하지 않아?"

제멋대로인 줄 알았던 세실리가 느닷없이 나를 동요하게 만들었다.

뭐랄까, 이 사람은 때때로 날카로울 때가 있다.

나는 동요했다는 게 얼굴에 드러나지 않도록 주의하면서 이렇게 말했다.

“언니, 무슨 소리를 하는 거예요? 저는 폭렬도(爆裂道)의 극치에 도달하려 하는 사람이에요. 연애 같은 것에 빠질 짬이 없다고요.”

“맞아요, 세실리 씨. 메구밍이 연애 같은 것에 빠진다면 도플갱어가 아닌지 의심부터 해봐야할 거예요.”

아이리스가 안절부절 못하면서 이야기를 듣고 있는 가운데, 이 자리에 있는 이들 중에서 나와 가장 오랫동안 알고 지냈지만 눈이 옹이구멍인 융융이 괜한 소리를 했다.

……뭐랄까, 이 애는 멍한 구석이 있다.

“으음~. 언니가 보기에 메구밍 양은 요즘 틈이 많다고 할까, 남들을 대하는 태도가 부드러워졌다고 할까……. 그리고 때때로 사랑에 빠진 소녀 같은 표정을 지을 때가 있어.”

아쿠시즈 교도라 얕봤는데 어쩌면 이 언니는 단순한 괴짜가 아닐지도 모른다.

“즉, 이 언니에게 사랑에 가까운 동경심을 품고 있는 거구나! 사춘기니까 그럴 만도 해. 이 언니로서는 웰컴이야! 그런데 남편 역할은 메구밍 양이 일주일에 4일, 내가 3일 하는 게 어떨까? 굳이 따지자면 메구밍 양은 남자 역할이 잘 어울릴 것 같아.”

아무래도 내 기우였나보다.

아이리스는 사랑이라는 단어에 흥미가 생겼는지 우물쭈물하면서 할 말이 있는 반응을 보였지만 더는 추궁을 당하고 싶지 않았다.

"이제 그만 하던 이야기나 계속하죠! ……저희는 아지트와 자금원을 손에 넣었어요. 다음 목표는 우수한 인재를 모집하는 거예요. 현재 우리 조직원은 하나같이 괴짜들이니, 슬슬 제대로 된 사람을 영입하고 싶네요."

"잠깐만 있어봐. 우리 중 최고의 괴짜가 그런 소리 하지 마. 그래도 좀 제대로 된 사람을 영입하는 것에는 나도 찬성이야. 이렇게 모일 때 이외에도 함께 밥을 먹어주는 그런 상냥한 사람을……."

"두목님! 전위! 모험을 할 때를 대비해 전위 모험가를 영입하죠!"

"이 언니가 입수한 정보에 따르면, 이 마을에는 젊고 부자인 남자가 네 명 정도 있대. 상류 계층인 금발 미남이면 최고지만, 내 어리광을 평생 동안 받아줄 사람이라면 어느 정도 타협을 해줄 수도 있어."

정말 통일성이라고는 눈곱만큼도 없는 이들이다.

평소 카즈마가 우리를 이끌어 나가는 게 정말 대단한 일처럼 느껴지기 시작했다.

"아뇨. 양식이 있는 도적 직업 모험가를 찾아보죠. 저희는 친구 모집이나 모험가 모집, 하물며 남편 모집을 하고 있는 게 아니니까요. 게다가 하나같이 도적단과는 동떨어진 사람들뿐이잖아요."

"이 언니는 툭하면 에리스 교도의 배급품을 훔치기 때문에 도둑 소리를 자주 듣거든? 그러니 도적단에 적합한 인재라고 할 수 있지 않을까?"

"프리스트에서 도적으로 전직하고 싶나요? 모험가 길드로 연행해서 진짜로 클래스체인지를 시킬 거예요."

바로 그때였다.

"상류 계층의 금발 미남이라고 하니까 생각난 건데, 옛날에 옆 나라 귀족이었던 분이 실은 이 마을에서 모험가로 활동하고 있다는 소문을 들었어요."

아이리스가 눈을 반짝이며 그런 소리를 했다.

귀족들은 기본적으로 뛰어난 능력을 가지고 이 세상에 태어난다.

아이리스 같은 왕족만큼 어마어마하지는 않더라도, 영웅이나 용사라 불리는 사람들의 첩으로 딸을 보내서 적극적으로 그들의 핏줄을 자신들의 가문에 남기기 때문이다.

"옆 나라 귀족? 어쩌다 망한 건지는 모르겠지만 숨겨둔 재산이 꽤 있을지도 모르겠네. 이 언니도 그 이야기에 흥미가 있어."

세실리는 잠재능력이나 실력이 아니라 다른 부분에 관심을 보이면서 눈을 반짝였지만…….

"사실 이건 왕족이나 귀족 사이에서는 꽤 유명한 이야기예요. 옆 나라의 하급 귀족 소년이 최연소로 드래곤나이트라 불리는 엄청 희귀한 직업을 가지게 되었어요. 그 소년은 드래곤나이트로서 뛰어난 재능을 뽐냈고, 창술 솜씨는 왕국 제일이었으며, 태어날 때부터 드래곤에게 사랑받았을 뿐만 아니라, 진지하고 성실하며 인내력이 강한데다 인품도 뛰어나서 그야말로 기사의 귀감 같은 사람이었대요. 당연히 젊은 여성들에게 있어서 동경의 대상이었지만……."

그 소년은 젊은 나이에 공주의 호위로 발탁되었다고 한다.

수많은 이들의 동경의 대상인 그를, 비슷한 또래인 공주가 좋아하게 되는 것도 무리는 아니었다.

왕족이니 당연히 약혼자도 있는데다, 신분 차이 때문에 그 소년에게 자신의 마음을 밝히지 못한 공주는 즐거우면서도 괴로운 나날을 보냈다.

하지만 그 소년은 우연히 공주의 마음을 알게 되었고—.

"그 후, 소년은 큰 문제가 될 거라는 걸 알면서도 공주를 드래곤의 등에 태우고 도망쳤다고 해요. 모든 국력을 동원해 수색을 했는데도 불구하고 그들의 행적을 알 수 없었지만, 일주일 후에 소년은 공주를 데리고 성으로 돌아왔죠. 소년은 처형을 당하지는 않았으나 드래곤나이트의 자격을 박탈당했고 가문도 망했다고 해요."

아이리스가 감동한 듯한 어조로 그렇게 설명하자 그녀의

말에 귀를 기울이고 있던 우리는 한숨을 내쉬었다.

"즉, 공주님을 납치하면서 엘리트 코스를 자기 발로 걷어 차 버렸다는 건가요? 공주님을 납치하는 건 나쁜 마법사와 마왕이 할 짓이죠. 남의 일거리를 빼앗으면 안 돼요."

"아, 아니에요! 이건 신분 차이 때문에 결코 맺어질 수 없는 사랑을 하게 된 공주의 마음에 그가 최선을 다해 답하려고 한 멋진 이야기예요! 제가 들은 이야기에 따르면, 공주가 드래곤의 등에 타고 싶다고 부탁했다고 해요. 그리고 소년의 뒤편에 탄 공주는 분명 이렇게 말한 게 아닐까요? 「이대로 당신과 함께 머나먼 곳으로 갈 수 있다면 얼마나 좋을까……」라고요!"

"꺄아~! 멋져! 즈, 즉, 그 사람은 나라의 영웅으로서의 명예나 엘리트 코스를 버리면서까지 그 공주님의 조그마한 소망을 이뤄준 거네……?!"

망상 능력이 끝내주는 아이리스가 그렇게 말하자 융융까지 흥분했다.

"그래요! 틀림없어요! 결과적으로 처벌을 받게 되면서도 그 이뤄질리 없는 꿈을 이뤄준 거예요! 이게 귀족과 왕족 영애들이 멋대로 망상해서 퍼뜨린 진상이에요! 어떤가요? 정말 동경심이 샘솟지 않나요? 멋지지 않나요? 안타깝게 끝난 사랑이지만, 그래서 더 애절해요……!"

방금 멋대로 망상해서 퍼뜨린 진상이라는 말이 들렸던 것

같은데…….

"이리스 양, 그러니까 그 사람은 나라에서 쫓겨난 후에 모험가로서 이 마을에 온 거네?! 좋아! 무슨 수를 써서라도 그 사람을 동료로 삼자!"

두 사람은 이야기를 나누면서 점점 더 흥분했다. 확실히 그 말이 사실이라면 좀 멋졌다.

뭐, 어디까지나 그게 사실이라면 말이다.

아이리스 또한 공주님이라서 이뤄질 수 없는 사랑이라는 것에 관해 나름대로 생각하는 바가 있을지도 모른다.

그리고 친구나 동료가 적은 융융 또한 그렇게까지 해주는 사람이 있다는 이야기를 듣고 감동했으리라.

"그런데 일주일 동안의 도피행 동안 무슨 일이 있었던 걸까요? 혹시 인생이 달라질 만큼 엄청난 일이 있었던 걸까요? 그, 그리고 그 두 사람은 어디까지 갔을까요……?!"

"이리스 양, 대체 무슨 상상을 하는 거야? 그런 건……! 그, 그런 건……!"

두 사람은 얼굴을 붉히면서 꺄아~ 꺄아~ 거렸다.

……그건 사춘기인 두 사람에게 있어서 상상력을 자극하는 시추에이션인 것 같았다.

"정말, 그만 떠들고 그 사람을 찾으러 가죠. 저도 카즈마와 함께 목욕을 하거나, 한 이불을 덮고 잔 적이 있어요. 저와 카즈마도 뭔가 계기만 있으면 그대로 갈 데까지 가버리고 말겠죠. 그 사람은 분명 저희보다 나이가 많았을 테니까, 당연히 선을 넘었을 거라고 생각해요."

"잠깐만, 방금 메구밍이 충격적인 발언을 하지 않았어?!"

"저도 똑똑히 들었어요!"

소파에 앉아서 열정적으로 이야기를 나누던 두 사람이 용수철처럼 벌떡 일어났다.

"충격적이라니요. 저희 정도 나이에 그 정도 경험도 없는 게 오히려 이상하다고요. 게다가 저는 남자와 한 지붕 밑에서 살고 있으니 그 정도는 당연한 일이에요. 자, 빨리 그 엄청난 실력자를 잡으러 가죠. 언니를 본받아서 좀 진정……."

손으로 입을 가리며 경악에 찬 표정을 짓는 두 사람을 향해 내가 그렇게 말했을 때였다.

"저기, 메구밍. 세실리 씨는 자고 있는데……."

"……깨우는 것도 귀찮으니 이대로 재워두죠."

항상 아쿠아를 돌보는 카즈마의 심정이 이해됐다.

3

우리는 액셀 마을의 뒷골목을 통해 모험가 길드로 향했다.

큰길로 다니지 않는 것은 오늘도 아이리스를 찾기 위해 저번의 그 사람들이 이곳에 왔을 게 뻔하기 때문이다.

어차피 끌려가게 되더라도 가능하다면 눈에 띄지 않는 편이 좋을 것이다.

"그런데 그 전직 드래곤나이트인 엘리트 귀족이라는 사람은 어떻게 찾죠?"

나는 인적 없는 뒷골목 특유의 공기를 느끼면서 아이리스에게 물었다.

"으음……. 그 사람은 오래된 귀족 가문 특유의 금발을 지녔다고 해요. 그리고 최연소 드래곤나이트였을 만큼 실력이 뛰어나니 이 마을에서도 금세 두각을 드러냈을 거예요. 그 외에도 특징이라고 할 만한 것은 옆 나라에서도 알아줄 정도로 창술 솜씨가 뛰어나다는 거죠."

이 마을에서 금발 남성은 거의 보지 못했다.

드물게 봤던 이들도 대부분 귀족과 관련이 있는 이들이었다.

그러니 금발을 지닌 남성 모험가는 거의 본 적이 없는데…….

"그, 그것보다 두목님. 아까 오라버니와 함께 목욕을 했을 뿐만 아니라, 한 이불을 덮고 잔 적도 있다고 말했던 것 같은데……."

아까부터 표정이 좋지 않던 아이리스가 머뭇거리면서 그렇게 묻자—.

"맞아요. 뭐, 신체 건강한 사춘기 남녀가 1년가량이나 한 지붕 아래에서 같이 살았으니 딱히 이상한 일은 아니잖아요?"

"""윽!!"""

두 사람은 경악을 금치 못했고 나는 의기양양한 미소를

지으며 말을 이었다.

"그 외에도 한밤중에 카즈마의 방에 놀러가기로 약속을 했지만, 너무 쉽게 선을 넘었다간 쉬운 여자라는 인상을 줄 것 같더라고요. 그래서 어른의 줄다리기를 하면서 미루고 있는 중이죠……."

내가 무용담을 늘어놓자 두 사람은 존경어린 표정을 지었지만—.

"시, 실은 겁먹었을 뿐인 거 아냐? 아니면 방해를 당했다거나……. 어차피 메구밍은 계기 없이는 그런 짓을 못할 게 뻔해. 진짜로 그런 짓을 한다면 엄청 충격적인 일이 벌어져서 될 대로 되라는 심정으로…… 그런 짓을 할 거라고 생각해."

"시끄러워요. 남자와 손도 잡아본 적 없는 외톨이가 뭘 안다는 거죠?!"

"윽?!"

순식간에 융융을 울상 짓게 만들 만큼 어른스러운 나는, 그녀와의 대전 전적을 메모해둔 종이를 꺼내 이번 승리를 기록했다.

융융은 그런 나를 의식하면서도 태연한 척 하며 이렇게 중얼거렸다.

"그건 그렇고, 금발에 이 마을에서도 유명할 뿐만 아니라 창을 쓰는 실력자……. 또한 예의바르고 매사에 진지하며 성실한 신사일 테니까……. 저기…… 부, 분명, 키도 크고 멋진 사람……이면 좋겠네……."

"중간부터 희망사항이 섞였잖아요. 뭐, 귀족 중에는 잘 생긴 사람이 많고, 이야기를 들어보면 꽤 성실한 사람인 것 같으니, 얼추 그 말이 들어맞을 것 같네요……."

뭐, 그렇게 특징이 많은 사람이라면 금방 찾을 수 있을 것이다.

"그런 특징을 갖춘 모험가는 들어본 적도 없군요."

그렇게 느긋하게 생각하던 시절이 저에게도 있었습니다.

모험가 길드에 도착한 우리는 길드 직원 언니에게 물어봤지만—.

"비슷한 사람이라도 없을까요? 창을 쓰는 모험가는 많지 않고, 이 마을의 모험가 중에는 문제아가 많으니까, 분명 진지하고 성실하다는 것만으로도 눈에 띌 것 같은데요."

"가장 눈에 띄는 모험가 파티가 메구밍 양이 소속된 파티인데 말이죠. 아무튼 한두 개 정도 들어맞는 사람은 있지만, 전부 들어맞는 사람은 생각이 나지 않네요……."

언니가 난처한 표정을 지으며 그렇게 말하자 우리는 서로를 쳐다본 후—.

"그럼 그 중 몇 개만 들어맞는 사람이라도 소개해주지 않겠어요?"

이렇게 우리는 예전에 옆 나라에서 명성을 떨친 드래곤나이트로 짐작되는 이들을 만나러 다니게 되었다.

"—지금까지 살아오면서 부끄러이 여길 짓을 한 적이 없고, 성실하게 살아왔다고 자부하지. 그리고 나름 실력에도 자신이 있으며, 예전에는 꽤 명성을 날렸지만……. 옛날 옛적에 현역에서 은퇴한 노인에게 무슨 볼일이 있는 겐가?"

처음 소개받은 사람은 할아버지였다.

"으음, 할아버지의 무용담을 듣고 싶다는 생각이 들었다고 할까요. 이리스, 융융, 당신들이 나설 차례예요. 이리스는 모험가를 동경하니까 모험 이야기를 좋아하죠? 그리고 융융도 얼마든지 이 할아버지의 이야기를 들어도 돼요. 남과 이야기를 나누는 걸 좋아하잖아요?"

"할아버지, 젊은 시절의 모험 이야기를 들려주세요!"

"뭐어?! 나야 남과 이야기하는 걸 좋아하지만, 우리가 찾는 사람과는 나이가 너무 차이 나는 것 같지 않아?!"

나는 그 할아버지를 일단 다른 두 사람에게 떠넘겼다.

"—확실히 나는 꽤 명성을 쌓았고, 실력도 나쁘지 않지만, 창 같은 건 쥐어본 적도 없어. 아, 다른 창이라면 매일같이 휘둘러대고 있지만 말이야! 크하하하하!"

그 다음으로 소개받은 이는 초면인 사람한테 쓰레기 같은 음담패설을 건네는 모험가였다. 참고로 나는 그 인간의 안

면에 주먹을 꽂아줬다.

"—뭐, 창에는 자신이 있고, 이 경기의 선수들 사이에서 내 이름을 모르는 사람은 없겠지만…… 그래도 여자애가 창 던지기 같은 스포츠에 관심을 가지다니, 신기한 일도 다 있는걸."

모험가가 아닌 사람까지 소개받았다.

그리고—.

"어? 뭐야, 폭렬걸이잖아. 나한테 무슨 볼일이지? 돈 빌려 달라는 소리라면 꺼내지도 마. 나한테 돈 빌려줄 사람은 아예 씨가 말랐거든. 이제 술을 마실 돈조차 없다고. 만약 내가 거금을 손에 넣으면 두 배로 갚을 테니까, 돈 좀 빌려줘."

그 조건에 들어맞는 마지막 사람이라면서 소개해준 이는 바로 더스트라는 이름의 금발 양아치였다.

더스트는 돈이 없다고 자기 입으로 말해놓고 대낮부터 모험가 길드 구석에서 농땡이만 치고 있었다.

나는 그를 소개해준 길드 직원 언니를 다른 쪽으로 끌고 가서 이렇게 말했다.

"죄송한데, 저 사람은 절대 아닐 거라고 생각해요. 저희가 찾는 사람은 젊고 잘생긴 금발 실력자이자, 나름 명성을 쌓았을 뿐만 아니라 진지하고 성실하며 인내력도 강한 데다, 신사라는 말에 걸맞은 창잡이에요. 저 사람은 머리카락이 금발이라는 것 이외에는 하나도 들어맞지 않는다고요. 게다가 그 금발도 칙칙하단 말이에요."

"그렇게 멋진 분이 있다면 저도 소개 받고 싶네요……. 뭐, 아무튼 그런 조건에 들어맞는 모험가는 이제 없어요. 애초에 이 마을에 있는 금발 모험가는 라라티나 씨와 더스트 씨 뿐이죠……. 그리고 그는 술주정뱅이지만 꽤 실력이 있을 뿐만 아니라, 이름도 알려졌……."

"악명이 파다하게 퍼졌을 뿐이잖아요! 신입 모험가한테 저 사람에게 다가가지 말라고 언니가 말하는 광경을 본 적이 있다고요!"

지금까지 만났던 사람들도 하나같이 문제가 있었지만 마지막에 만난 사람은 그야말로 꽝 중의 꽝이었다.

『뭐야~! 우리 사이에 너무하잖아, 융융! 술이라도 한 잔 사달라고!』

『당신은 제 친구는 고사하고 단순한 지인에 불과하잖아요! 주위 사람들이 저를 쳐다보는 눈길이 지금보다 더 나빠지니까 저리 가세요!』

내가 길드 직원 언니와 이야기를 나누는 사이, 더스트는 융융에게 저런 소리를 하고 있었다.

나는 아직도 할아버지의 모험 이야기를 듣고 있던 아이리스를 향해 손짓을 했다.

"이리스, 제 말 좀 들어보세요. 이 마을에 있는 금발 남성 모험가라고는 저 인간뿐이래요."

"지금, 일격곰과 싸우다 창이 부러진 할아버지가 맨손 파위에 눈뜬 다음, 각오를 다지며 달려들려고 하는 부분인데……. 일단 금발인 모험가가 저 사람 뿐이라면 물어보기라도 하는 게 어떨까요?"

아이리스는 내 쪽으로 오더니 그런 제안을 했다.

"아뇨. 저 사람은 절대 아닐 거라고 단언할 수 있어요. 저 자는 저희가 눈만 뗐다 하면 카즈마를 나쁜 짓에 끌어들이는, 흔히 악우라 부르는 인종이에요."

나는 아직도 융융에게 들러붙어 있는 양아치를 쳐다보면서 단호한 어조로 그렇게 말했다.

그러고 보니 얌전한 융융이 저렇게 당당히 불평을 늘어놓고 있는 것도 신기했다. 저 양아치와 대체 무슨 일이 있었던 걸까.

요즘 들어 융융이 이상한 사람들과 같이 다닌다는 소문을 들었는데, 혹시 저 자와 연관이 있는 건 아닐까.

지금까지는 내버려 뒀지만 이상한 남자에게 낚이기 전에 신경을 좀 써주는 편이 좋을지도 모른다.

"생각났어요! 저도 저 오빠를 본 적이 있어요. 예전에 이 마을에 왔을 때, 지나가던 언니와 느닷없이 부딪히더니 다리가 부러졌다고 말한 사람이에요. 위자료 삼아 밥이라도 사라며 협박을 하기에 클레어를 보내서 따끔한 맛을 보여줬는데……."

저 남자는 대체 무슨 짓을 하고 다니는 걸까.

더스트는 술값을 벌기 위해 자존심조차 내던져 버린 건지, 융융을 향해 무릎을 꿇으며 애원하고 있었다.

융융은 부끄러운지 당황하더니 지갑에서 돈을 꺼냈다.

남들이 다 쳐다보는데 무릎을 꿇으며 술을 사달라고 매달리는 것은, 어찌 보면 협박이나 다름없다는 생각이 들었다.

자기보다 어린 여자애에게서 술값을 뜯어내고, 남들이 다 쳐다보는 데서 주저 없이 무릎을 꿇는 전직 드래곤나이트…….

"……저 사람은 아닐 거예요. 아마 이미 다른 마을에 간 것 같네요. 뭐, 이름도 모르니 찾는 건 힘들겠죠. 이제 그만 포기하고 아지트에 가서 놀다가 해산하도록 할까요?"

"두목님, 이런 상황에서의 정보수집이야말로 도적다운 행동이라고 생각하는데요. 저희가 도적단을 자처해도 정말 괜찮을까요……."

아이리스가 아픈 곳을 찔렀지만 지금은 그런 소리를 할 때가—.

……응?

"이리스, 방금 멋진 말을 했어요! 그래요. 저희는 도적단이에요. 저희가 찾아야 할 사람은 우수한 도적이라고요!"

"이, 이제 와서 무슨 소리를 하는 거예요? 그렇게 치면 마법사인 메구밍 씨가 도적단의 두목인 것 자체가……."

"시끄러워요. 지금 중요한 건 그런 게 아니에요! 아, 마침 실력이 괜찮아 보이는 도적을 발견했어요! 자, 이리스! 같이 가죠!"

나는 당황한 아이리스의 손을 잡아끌며 길드 안에서 오랜만에 본 그 사람을 향해 뛰어갔다.

4

"딱 좋은 타이밍에 만났군요. 크리스, 오랜만이에요. 느닷없이 이런 말을 해서 미안한데, 제가 결성한 도적단에 들어와 주세요."

"푸웁!"

내가 대충 인사를 건네며 바로 입단 권유를 하자 크리스는 마시던 우유를 그대로 뿜었다.

"뭐하는 거죠? 젊은 아가씨가 남들 보는 앞에서 우유를 입 밖으로 뿜지 마세요."

"콜록, 콜록……! 내가 왜 이러는지 몰라서 묻는 거야?! 메구밍이 느닷없이 당치도 않은 소리를 하니까 이러는 거잖아!"

여신 에리스 감사제 이후로 크리스의 모습은 보이지 않았지만, 그녀는 자기 할 일을 마친 것처럼 만족스러운 표정을 지으며 혼자서 쉬고 있었다.

나는 그런 그녀에게 말을 걸었을 뿐인데…….

"당치도 않다니요. 크리스는 도적이니까 도적단에 소속되어 있더라도 이상할 게 없을 텐데요?"

"그그그, 그건, 그렇지만! 그것보다 도적단은 또 무슨 소리야?! 메구밍, 혹시 내 정체를 눈치채고 놀리는 거야?!"

영문 모를 소리를 하는 크리스를 보며 내가 고개를 갸웃거리고 있을 때, 아이리스가 우리에게 다가왔다.

나는 아이리스에게 크리스와 나의 관계를 간략하게 설명했다.

하지만 크리스와 초면일 아이리스는 그녀를 보더니 어찌된 영문인지 고개를 갸웃거렸다.

"저기, 크리스 씨? 실례지만, 저와 어디서 만난 적이 있지 않나요?"

아이리스는 느닷없이 그런 소리를 했고 크리스도 고개를 갸웃거리더니—.

"너, 이리스라고 했지? 실은 나도 아까부터 너를 어딘가에서 본 적…… 어, 아아아앗?!"

아무래도 크리스는 왕족인 아이리스의 얼굴을 아는 눈치였다.

그럴 만도 했다. 이리스는 가명 같지도 않은 가명을 쓸 뿐, 얼굴도 가리지 않았으니까 말이다.

왕족 정도 되면 얼굴 사진 같은 게 시중에 돌아다닐 것이다.

"역시 정보통인 도적답게 아이리스의 정체를 눈치챘나 본데, 그래도 비밀로 해주지 않겠어요? 소동이 일어나면 곤란하니, 제발……."

아이리스가 왕족이라는 사실을 알고 놀란 건 줄 알았는데, 크리스의 반응이 좀 이상했다.

"그, 그랬구나! 뭐, 나도 도적이거든?! 이 크리스 님 정도 되면 한눈에 어디 사는 누구인지 알 수 있어! 비밀로 해주면 되는 거지? 그, 그럼 나는 다른 볼일이 있으니 먼저 실례……."

크리스가 영문 모를 소리를 늘어놓으면서 다른 곳으로 가려 하길래, 나는 바로 그녀를 주저 없이 잡았다.

"어디 가려는 거죠? 실은 정보통인 크리스에게 부탁할 것이 있어요."

"뭐, 뭔데? 나는 착하고 올바를 뿐만 아니라 하늘을 우러러 봐도 한 점 부끄러움 없는 정의의 도적이지만, 너희를 도와줄 능력은 없어."

팔을 잡힌 크리스는 아이리스를 힐끔힐끔 쳐다보며 허둥댔다.

"딱히 크리스를 어찌하려는 건 아니에요. 아까도 말했다시피 도적단을 만들었는데 우수한 인재가 모이지 않네요. 기사나 아크 위저드나 프리스트라면 얼마든지 영입할 수 있지만, 명색이 도적단인데 도적이 한 명도 없어요…….”

“기사와 아크 위저드와 프리스트라면 영입할 수 있는 거야? 저기 그러면 도적단이 아니라 용병단을 만드는 편이 벌이가 좋을 것 같은데? 솔직히 말해서 그런 사람들이 도적보다 더 모으기 힘들텐데…….”

크리스가 복잡한 표정을 짓자 아이리스는 미심쩍어 했다.

“실력 면에서는 나무랄 데가 없긴 해요. 그래도 가장 중요한 도적이 없으니 크리스가 입단해줬으면 하는 거예요. 그리고 실은 지금 사람을 찾고 있거든요. 그 사람을 찾는 것도 도와주셨으면 해요.”

“도적단……. 나도 그런 걸 동경해서 이런저런 일을 시작했으니까 심정은 충분히 이해가 돼.”

뜻밖에도 크리스가 나쁘지 않은 반응을 보이자―.

“말이 통하네요. 실은 저희도 어떤 유명한 도적단을 동경해서 이런 단체를 결성한 거예요. ……크리스는 혹시 은발 도적단이라는 사람들을 아나요?”

“응, 알아. 아마 이 세상 누구보다 잘 알 거야.”

역시 크리스는 도적답게 뛰어난 정보망을 가지고 있는 것 같았다.

나는 크리스를 향해 몸을 살며시 숙인 후 낮은 목소리로 이렇게 말했다.

“실은 말이죠. 우리 도적단의 멤버들은 하나같이 은발도적단을 동경하는 사람들이에요. 은발도적단에게 감화된 저희의 목적은 그들을 몰래 돕는 거죠. 즉, 팬클럽의 발전형태 같은 집단이에요."

"그렇구나~. 그걸 나한테 이야기하는 구나~. ……저기, 메구밍. 혹시나 해서 묻는 건데, 나를 놀리는 건 아니지?"

크리스는 깨달음을 얻은 듯한 그윽한 눈빛으로 그렇게 말했다.

"무슨 소리를 하는 거예요? 저는 진심이라고요! 아, 현상금이 걸린 범죄자를 돕는다는 말이 농담처럼 들렸나요? 솔직하게 말하자면, 사실 그들에게 현상금이 걸린 것도 다 그럴 만한 이유가 있어요."

"아, 괜찮아. 그건 나도 알아. 즉, 은발도적단을 돕기 위해 멋대로 만든 하부조직 같은 거지? 그리고 나한테 그 조직에 들어오라는 거네?"

"맞아요. 부탁이에요! 하다못해 임시 단원이라도 괜찮아요. 뭐, 그렇게 되면 말단 부하부터 시작해야겠지만 말이에요."

나는 그렇게 말했고 크리스는 당혹스러움과 의심이 섞인 표정을 지었다.

"마, 말단 부하……. 내가, 은발도적단의 하부조직에서 말단 부하……. 뭐, 들어가 주는 건 괜찮은데 말이야. 메구밍, 다시 한 번 묻겠는데 전부 다 알고 나를 놀리는 건 아니지?"

"……왜 아까부터 계속 미심쩍어 하는 거죠?"

"여신 에리스 감사제 때 내가 아쿠시즈 교단의 노점 일을 도운 것도 그렇고, 이번 일도 그렇고, 나는 분명 운이 좋을 텐데 왜 이렇게 재미있는 상황에 처하는 건지 이해가 안 돼서……."

5

크리스가 될 대로 되라는 식으로 입단 결심을 하자, 나는 그녀에게 드래곤나이트에 관한 이야기를 해줬다.

"그 전직 드래곤나이트가 금발이라면, 저기 있는 저 사람 아닐까?"

크리스가 그렇게 말하면서 가리킨 사람은 물론 더스트다.

그쪽에서는 술 한 병 정도로는 융융을 놓아줄 생각이 없는 더스트가 인간관계에 관한 강좌를 시작했다.

아무리 융융이라도 저 남자가 인간관계에 관한 설교를 늘어놓으면 바로 주먹을 날릴 거라고 생각했지만, 그녀는 열심히 고개를 끄덕이며 메모를 하고 있었다.

"저 사람은 아니에요. 정보통인 크리스도 모르는 게 있네요."

"뭐어?! 하, 하지만, 너희가 찾는 사람은 금발이라며? 이 마을에서 금발 모험가는 저 남자와 다크니스뿐일 거야."

우리는 이미 그 의문을 거쳐 갔었다.

"저희가 찾는 사람과 저 양아치의 공통점은 금발이라는 점뿐이에요. 정말, 크리스는 눈이 옹이구멍이군요."

"그, 그래?! 다른 사람이라면 몰라도 메구밍한테 옹이구멍이라는 소리를 듣고 싶지는 않은데!"

왜 나한테는 그런 소리를 듣고 싶지 않은 건지 크리스에게 물어보려다가, 문뜩 어떤 사실을 눈치챘다.

"……아까부터 말이 없는데, 무슨 일 있나요?"

"아, 크리스 씨를 어딘가에서 만난 것 같은데, 그게 어디인지 생각이 나지 않아서요……."

"억지로 떠올릴 필요 없어! 나는 이리스와 만난 적이 없으니까, 우리는 초면이 분명해!"

크리스는 아까부터 이상한 소리만 연이어 해대고 있었다.

"그것보다 너희가 찾는 사람 말인데, 내 감에 따르면 저 금발이 틀림없어. 허리에 검을 차고 있지만, 발놀림이나 은근슬쩍 상대방과 유지하는 간격으로 볼 때 창을 쓰던 사람이야. 게다가 내가 보기에 상당한 달인 같아 보여."

크리스는 갑자기 진지한 표정을 짓더니, 융융의 앞에 서서 묘한 짓을 시작한 더스트를 쳐다보았다.

『잘 봐둬. 이게 초면인 상대에게 얕잡아 보이지 않는 걸음걸이야. 너는 친구를 만들고 싶다는 욕심 때문에 태도가 비굴해질 때가 있잖아. 하지만 모험가는 얕보이면 끝이야. 개나 강아지와 마찬가지로 초면인 상대와 만났을 때는 우선 누가 윗사람인지 정해야 한다고!』

우리가 지켜보는 가운데, 더스트는 씩씩대듯 몸을 흔들면서 술주정뱅이 같은 움직임을 선보였다.

그런 더스트와 함께 있어서 호기심 어린 시선을 받고 있는 융융이 부끄러워하며 몸을 움츠렸다.

"……오호라. 저게 창술 달인의 발놀림이군요. 크리스는 뛰어난 관찰안을 지녔네요."

"저 사람, 왜 하필 이 타이밍에 저런 묘한 짓을 하는 건지 모르겠네!"

—그 후에도 묘한 행동을 하며 주위의 주목을 모으던 더스트는 태연하게 융융을 데리고 길드를 빠져나갔다.

융융이 도와달라는 듯 이쪽을 계속 쳐다봤다. 하지만 우리가 찾는 사람이 더스트가 틀림없다는 크리스의 말을 믿기로 한 우리는, 이대로 융융에게 그와 함께 행동하게 한 후 두 사람을 미행하기로 했다.

그냥 따라가라는 사인을 보내자 융융은 체념한 것처럼 더스트를 따라갔다.

"크리스가 그렇게 말하니 저 애를 제물로 삼았지만, 저는 사람을 잘못 본 거라고 생각해요."

"내 감에 따르면 그는 자기 신분을 숨기려고 일부러 저러는 거야. 분명 피치 못할 이유가 있어서 바보인 척 하는 게 틀림없어."

왜 그렇게까지 저 남자를 달인이라고 주장하는 건지는 모르겠지만, 크리스는 더스트를 상당한 실력자로 여기는 것 같았다.

내 감에 따르면 저 남자는 바보인 척 하는 게 아니라 진짜 바보인데 말이다.

얼마 전에도 카즈마와 같이 놀러 가려고 우리 집에 왔을 때, 집에서 데굴거리고 있던 아쿠아와 함께 왜 에리스 교도 중에는 가슴이 작은 사람이 많은가 같은, 천벌 받을 이야기를 진지한 표정으로 고찰까지 해가면서 해댔다.

바로 그때—.

"제가 보기에도 발걸음이 어색해요. 오랫동안 몸에 익었던 몸놀림을 버리고, 억지로 새로운 몸놀림을 취하고 있는 것 같다고 할까요……. 그리고 저 사람한테서는 은근슬쩍 강자의 기운이 느껴져요."

크리스만이 아니라 전투에 있어서는 정평이 난 아이리스까지 그런 소리를 했다.

설마 진짜로 저 남자가 그 드래곤나이트인 걸까?

한편, 더스트에게 어딘가로 끌려가던 융융이 입을 열었다.

『더스트 씨, 오늘은 걸음이 평소와 좀 다른 것 같네요. 종종걸음 같다고 할까, 다리를 다친 것 같다고 할까…….』

『오, 눈치챘어? 좀 욱신거리기만 할 뿐, 딱히 다친 건 아니야. 얼마 전에 키스라는 친구한테 들은 건데, 저기, 뭐냐. 성장기가 지난 후에도 그걸 크게 하는 방법을 배워서 시험해 봤거든? 잘게 썬 생강과 마늘, 고추냉이 같은 걸로……. 어이, 왜 그런 눈으로 쳐다보는 거야? 방금 그건 성희롱이 아니니까 마법을 영창하지 말라고.』

더스트는 어린 여자애 앞에서 쓰레기 같은 발언을 계속 해댔다.

『여자도 가슴을 크게 만들기 위해 우유를 마시거나 마사지를 하지? 남자도 거기가 커지고 싶다는 꿈을 가지고 있어. 너도 꿈이 있잖아? 친구를 만들고 싶다는 네 꿈과, 커다란 남자가 되고 싶다는 내 꿈. 둘 다 멋진 꿈 아냐?』

―오랫동안 친구가 생기는 것을 진심으로 소망했던 소녀의 꿈과, 커다란 남자가 되고 싶다는 저 남자의 꿈.

내 오랜 꿈을 더럽히지 말라고 외치며 더스트와 드잡이를 시작한 융융을 쳐다보고―.

"두 사람의 안목은 정말 엄청나네요. 발걸음이 이상한 이유는 방금 저 사람이 자기 입으로 밝혔어요."

자신만만하게 해설을 늘어놓던 두 사람은 내가 방금 한 말을 듣더니 새빨개진 얼굴을 두 손으로 가렸다.

6

"융융도 화내면서 돌아갔는데, 계속 미행을 할 이유가 있을까요? 저 남자를 미행한다고 생각하니 인간으로서 최악의 부류가 된 것 같은데요."

융융이 어릴 적부터 가슴속에 품어온 자신의 순수한 꿈과, 더스트의 쓰레기 같은 꿈이 동급으로 취급된 것에 충격을 받고 울면서 돌아간 후—.

우리는 고집을 부리고 있는 크리스의 뒤를 따르며 계속 그를 미행했다.

"내 감에 따르면 저 사람은 뭔가를 숨기고 있어. 이래 봬도 나는 사람 보는 눈이 좋거든. 상대의 본질을 꿰뚫어볼 수 있다고 할까? ……뭐, 지금은 완전하지 않다고 할까, 제대로 발휘할 수 없는 상태니까 단언은 할 수 없지만 말이야."

왜 제대로 발휘할 수 없는 건지 모르겠지만, 사람 보는 눈이 좋다는 크리스는 에리스 감사제 뒤풀이 때 바닐과 위즈를 보고도 개의치 않았던 것 같은데……. 독실한 에리스 교도인데도 말이다.

"저기 물어볼 게 있는데요. 크리스는 언데드나 악마를 어떻게 생각하나요?"

"이 세상에서 완전히 사라져야 한다고 생각해."

크리스는 주저 없이 그렇게 말했다.

"만약 이루고 싶은 소망이 있어서 어쩔 수 없이 언데드가 된 사람이라거나, 기본적으로 사람을 놀리는 것을 좋아하지만 이야기를 나눠보면 악독하지는 않은 악마라도……."

"단 한 명의 예외도 없이 전부 이 세상에서 사라져야 한다고 생각해."

그야말로 전형적인 에리스 교도다.

정말 단호하기 그지없었다.

바닐은 좀 특이한 사람 정도로 생각하는 것 같은데, 아무튼 이걸로 크리스의 눈이 옹이구멍이라는 결론이 났다.

크리스가 내가 느닷없이 던진 질문을 듣고 의아한 표정을 짓고 있을 때—.

"앗, 저기 좀 보세요!"

아이리스의 말을 듣고 고개를 돌려보니, 더스트는 까마귀가 어지럽힌 쓰레기장 앞에서 주위에 사람이 없는지 둘러보고 있었다.

"뭐야. 역시 성실한 사람이네. 봐, 남들 몰래 저렇게 선행을 하고 있는 거야. 일부러 주위를 둘러보며 아무도 없는지 확인한 다음에 쓰레기장 청소를 하려고 하다니, 웬만한 사람은 엄두도 못 낼 일이잖아. 점점 조건에 맞아 들어가고 있네!"

그런 게 아니라—.

"아하, 분리수거가 안 된 쓰레기를 정리하고 있는 거군요. 저는 저 분을 오해한 것 같아요! 저번에 길을 가는 여성에게 치근댔던 것도 분명 이유가 있었던 거예요……!"

두 사람은 오해를 한 것 같은데, 그는 쓰레기를 뒤지며 돈 될 만한 것이 없는지 찾고 있을 뿐이었다.

그 사실을 증명하듯, 돈이 될 만한 물건을 발견하면 환한 미소를 지으며 기뻐했다.

"메구밍, 어때? 내 안목이 정확하지?"

역시 크리스의 안목은 아쿠아와 비슷한 옹이구멍인 것 같았다.

"저기 좀 보세요. 분리수거를 할 뿐만 아니라 어지럽혀진 쓰레기도 깔끔하게 정리하고 있어요. 이야기로만 들었던 전직 드래곤나이트 분도 진지하고 성실하며 인내력이 강한 분이라잖아요……."

세상물정을 모르는 아이리스도 이상한 착각을 한 것 같은데, 저건 쓰레기를 어지럽힌 채로 뒀다간 앞으로 쓰레기를 뒤지지 못하게 될 것 같아서 정리하는 거라고 생각한다.

돈이 될 만한 것을 손에 넣고 기분이 좋아진 더스트는 쓰레기장을 깨끗하게 청소한 후, 그 물건들을 가지고 인근에 있는 철물점으로 향했다.

"저건 아까 주운 것들이죠? 쓰레기장에 버려져 있던 거라고 해도, 습득물을 멋대로 돈으로 바꿔도 되는 건가요?"

아이리스가 의문을 입에 담자 크리스가 대답했다.

"뭐, 뭐어, 버려져 있던 거잖아. 그냥 버려지는 것보다는 저렇게 재활용을 하는 게 이 세상을 위해서도 유익할 거야……."

두 사람이 그런 말을 하고 있을 때—.

"매입 가격이 마음에 안 드는지 철물점 주인과 싸우네요. ……앗, 결국 싼 가격에 넘긴 건지 화풀이하듯 쓰레기통을 걷어찼어요!"

"""…………."""

아까까지만 해도 입에 침이 마르도록 더스트를 칭찬하던 두 사람은 또 새빨개진 얼굴을 두 손으로 가렸다.

—그 후에도 우리는 계속 미행을 했다.

"메구밍, 저기 좀 봐! 모험가에게 희롱을 당하던 여자를 구했어! 이번에야말로 선행을……!"

"……저 남자, 구해준 답례로 자기와 사귀자며 저 여자를 희롱하고 있네요."

여성을 희롱하다 경찰에게 걸려서 도망쳤다.

"……어, 더스트가 지갑을 떨어뜨렸군요."

"정말이네요. 미행을 할 때가 아니에요. 주워서 저 분에게 드려야…… 아, 뒤편에서 걷고 있던 사람이 주워서 건네주네요. 다행이에요!"

"잠깐, 아앗?! 「내 지갑에는 돈이 더 들어 있었다고! 네가 꺼내갔지?!」라며 시비를 걸고 있어!"

일부러 지갑을 떨어뜨린 후 그것을 주운 형씨에게 시비를 걸었다가, 또 경찰에게 걸려서 도망쳤다.

"기회야! 공터에서 새내기 모험가가 창술 연습을 하고 있어. 뛰어난 실력을 지닌 창잡이라면 분명 반응을 보일 거야……!"

"……신경을 안 쓰는 정도가 아니라, 코를 파면서 지나가네요."

"……그뿐만 아니라 아까 자기한테 주의를 줬던 경찰 분에게, 마을 안에서 무기를 휘두르는 모험가가 있는데, 저 녀석은 주의를 안주냐고 따지고 있어요."

더스트는 그런 식으로 자기가 얼마나 인간 말종인지 여지없이 증명했다.

그 후에도 이 마을 제일의 요주의 인물이라는 악명에 걸맞은 쓰레기다움을 유감없이 발휘한 후, 그가 마지막으로 향한 곳은—.

"—그리고 다른 모험가들을 지키기 위해 미끼를 자처하면서 용감히 카오룽즈 히드라 앞으로 뛰쳐나갔다가 목숨을 잃고 만 나는, 여신 에리스의 곁으로 보내졌어. 실제로 만나

뵌 여신 에리스는 정말 성스러운 분이시더라고."

"오오……! 저도 에리스 님을 만나 뵙고 싶지만, 천수를 누려서는 뵐 수가 없죠. 그렇다고 일부러 위험한 장소에 가서 목숨을 함부로 하는 것도 에리스 님의 뜻에 어긋나는 행동입니다. 아아, 에리스 님을 배알하다니, 정말 부럽군요……!"

마을 안을 돌아다니면서 사람들에게 폐만 잔뜩 끼쳐댔던 더스트는 다시 모험가 길드로 돌아오더니, 에리스 교도로 보이는 프리스트 할아버지한테 수상한 무용담을 늘어놓고 있었다.

그러고 보니 몬스터에게 살해당하거나 해서 수명이 다하지 않았는데도 목숨을 잃은 불운한 이들의 혼은 여신 에리스의 곁으로 보내진다.

그러므로 카오룽즈 히드라라는 몬스터에게 살해당한 더스트는 여신 에리스와 만난 적이 있더라도 이상하지 않지만—.

"그리고 여신 에리스께서는 이렇게 말씀하셨어. 「당신은 지금 죽을 운명이 아닙니다. 이윽고 당신은 마왕을 쓰러뜨릴 용사를 도울 운명을 타고 났죠. 자, 다시 현세로 돌아가서, 이 세상을 구할 용사를 도우세요. 바라건대, 이 세상에 빛을 가져다주시길……」이라고 말이지."

"오오, 에리스 님께서 그런 말씀을 하신 겁니까! 당신은 엄청난 운명을 타고 났군요! 혹시 제가 도울 일이 있다면 뭐든 말씀해 주십시오!"

진짜로 그런 말을 들은 건지 미심쩍었다. 한편, 크리스는 감동에 휩싸인 프리스트를 쳐다보며 부들부들 떨고 있었다.

경건한 에리스 교도인 크리스 또한 여신 에리스와 만난 적이 있다는 저 남자를 부러워하는 걸까.

더스트는 그 말을 듣고 여신 에리스의 이야기를 해주는 대가로 얻은 술을 단숨에 들이켠 후, 사람 좋아 보이는 프리스트를 향해 미소를 지으면서—.

"어, 정말이야? 실은 나도 이 세상을 구하기 위해 용사와 함께 싸우고 싶지만, 돈이 없어서 말이지……. 어딘가에 세계 평화를 위해서 내 후원자가 되어줄 경건한 에리스 교도는 없나 찾던……."

"너 지금 무슨 소리를 늘어놓는 거야아아아아아아아아앗!"

크리스가 더스트의 멱살을 움켜쥐었다.

7

"쳇, 거의 다 넘어왔는데 왜 찬물을 끼얹는 거냐고. 너, 카즈마한테 팬티를 빼앗기고 울면서 돌아갔던 도적맞지?"

"우우, 운 적 없어! 그건 사고 같은 거였단 말이야!"

우리는 모험가 길드 구석에서 더스트에게 밥을 사줬다.

크리스가 느닷없이 분노를 터뜨리며 더스트에게 달려들자, 그는 자기 장사를 방해했다는 말도 안 되는 트집을 잡으며 마구 화를 낸 끝에 밥을 얻어먹고 있는 것이다.

"두목님, 오라버니가 크리스 씨의 팬티를 빼앗았다는 게 사실인가요? 그러고 보니 얼마 전에 두목님은 오라버니와 함께 목욕을 한 적이 있다고 했죠? 대체 오라버니는 평소에 무슨 짓을 하고 다니시는 거죠?"

"그 남자한테 그 정도는 일상이에요. 얼마 전에는 저택 화장실 안에서 다크니스의 속옷을 벗기려고 했었죠."

"대체 뭐가 어떻게 됐기에 그런 상황이 벌어진 거죠?!"

지금까지 카즈마가 저질렀던 성희롱들을 아이리스에게 이야기해주자, 크리스를 제대로 뜯어먹으려고 작정했는지 음식을 마구 주문한 더스트가 이렇게 말했다.

"그러고 보니 하루 종일 나를 쫓아다닌 것 같은데, 왜 그런 거야? 혹시 내 팬이야?"

"네 팬 같은 정신 나간 사람이 있을 리 없잖아. ……그것보다, 우리의 기척을 눈치챈 거야? 잠복 스킬을 쓰진 않았지만, 역시 너는 내 예상대로 범상치 않은 사람인 것 같네."

크리스는 아직도 더스트가 예전에 귀족이었던 엘리트라고 생각하는 건지, 도발하는 어조로 그렇게 마음속을 떠보았다.

"응? 안 그래도 눈에 띄는 너희가 그렇게 큰 소리로 떠들어대는데, 누가 눈치를 못 채겠냐고."

"뭐, 그건 아무래도 상관없어. 그것보다 여신 에리스를 만났다는 거짓말을 퍼뜨리지 마! 천벌을 받을지도 모른단 말이야!"

평소 온화하던 크리스가 이 정도로 경건한 에리스 교도일 줄이야.

더스트는 화를 내는 크리스를 쳐다보면서 태연한 어조로 이렇게 말했다.

"어이, 내가 거짓말을 했다는 걸 네가 어떻게 아는 건데? 너, 여신 에리스를 만나본 적 없지? 뭐, 당연히 그렇겠지. 죽어야만 만나볼 수 있으니까."

"그건……. 그, 그러니까, 여신 에리스가 그런 예언 같은 소리를 할 리가……."

불리한 상황에 처했다는 걸 눈치챈 크리스는 말끝을 흐리며 고개를 돌렸다.

그러자 호기심을 주체하지 못한 아이리스가 몸을 쑥 내밀고 이렇게 말했다.

"에리스 님은 어떤 분이셨죠? 초상화와 똑같이 생기셨던가요?"

"어, 못 보던 얼굴이네. 여신 에리스는 아쿠시즈 교단이 퍼트린 소문대로, 가슴이 작은 것 같더라고. 분명 가슴에 패드를…… 어, 우와아아아아앗?!"

천벌 받을 소리를 한 더스트는 아이리스의 얼굴을 보더니 고함을 질렀다.

"잠깐만, 여신 에리스가 가슴에 패드를 넣었다는 헛소리를 남들한테 하지 마!"

"시끄러워! 여신의 가슴 패드 같은 건 아무래도 상관없어! 어이, 너! 내가 헌팅을 할 때 성미 급한 금발 호위를 보내서 방해했던 그 꼬맹이 맞지?! 바닐 나리와 같이 있었잖아! 오늘은 그 위험한 호위도 없는 것 같군!"

"으음, 클레어는 아직 안 왔어요."

그러고 보니 아이리스가 아까 전에 비슷한 이야기를 했던 것 같다.

"잠깐만, 가슴 패드 이야기 좀 그만해! 그것보다, 여신 에리스와의 대화를 나눴다는 거짓말을 하지 마! 진짜로 천벌을 받을지도 모른단 말이야!"

크리스는 테이블을 내려쳤고 더스트는 재미있다는 듯 씨익 웃었다.

"내가 거짓말을 했다는 증거가 있어? 초면이었지만, 여신 에리스는 분명 나한테 반한 것 같았어. 나를 볼 때의 눈빛이 그 사실을 가르쳐 주더라니깐."

"그렇지 않아. 네가 얼간이처럼 죽어서 불쌍하다는 눈으로 쳐다본 거야!"

"직접 보기라도 한 것처럼 무례한 소리 하지 말라고! 용감하게 카오룽즈 히드라에게 달려들었던 나한테 사과해!"

"공적을 독점하려다 꿀꺽 삼켜졌을 뿐이잖아!"

두 사람은 계속 말다툼을 벌였지만 더스트가 주문한 요리가 나오자 일단 중단됐다.

"……그건 그렇고, 대체 왜 나를 미행한 거야?"

"사실 저희는 목적이 있어서 도적단을 만들었어요. 그래서 이 마을에 금발 미남 실력파 모험가가 있다는 소문을 듣고, 그 사람을 스카우트하기로 했죠. 길드 직원 언니에게 그런 사람이 없는지 물어봤더니, 금발 남성 모험가는 당신 밖에 없다더라고요. 그래서 당신의 실력을 파악하려고……."

음식을 입안에 마구 우겨넣던 더스트는 음식물을 삼킨 후 포크로 우리를 가리키며 이렇게 말했다.

"미남 실력파 모험가? 하아, 이 녀석이나 저 녀석이나 결국 얼굴만 따지는 거냐. 너희가 미남 모험가를 헌팅하려고 했다는 걸 나중에 카즈마에게 일러바칠 거니까 각오해둬."

"아, 아니에요! 헌팅 같은 게 아니라고요! 그리고 저는 그 사람이 미남이 아니라도 상관없어요! 그런 소문이 있는 것 뿐이에요!"

내가 허둥지둥 변명을 늘어놓았지만 더스트는 미심쩍다는 눈길로 우리를 쳐다보았다.

"그런데 너희가 찾는 건 어떤 녀석이야? 카즈마한테 팬티를 빼앗겼던 저 도적은 못 찾은 것 같지만, 나는 이래 봬도 이 마을에 있는 모험가들에 대해 잘 알거든. 머리카락 색깔이야 염색하면 얼마든지 바꿀 수 있잖아. 그것 말고 어떤 성격인지나 이야기해봐."

"금발에, 잘 생겼고, 실력도 뛰어날 뿐만 아니라, 진지하고 성실하며 인내력도 강한 분이라고 해요. 그리고 젊은 여성들에게 있어 동경의 대상이었대요."

"…………그런 녀석이 진짜로 이 세상에 존재하는 거야?"

더스트는 미심쩍다는 듯 나를 쳐다보며 이렇게 말했다.

"가장 비슷한 녀석은 미츠…… 뭐시기라는 이상한 형씨 아냐? 하지만 그 녀석이 인내력이 있으려나? 내가 그 녀석이 데리고 다니는 여자애의 엉덩이를 만졌을 때 엄청 화내더라고."

진짜로 물어볼 사람을 잘못 고른 것 같았다.

한편, 이때까지 아무 말 없이 이야기를 듣고 있던 아이리스가 입을 열었다.

"저기, 뭐 하나만 물어봐도 될까요?"

"응? 꼬맹이, 물어볼 게 뭔데? 아, 나는 애인이 없지만 카즈마처럼 로리콤은 아니라고."

"오라버니를 로리콤이라고 말하지 마세요! 아, 제가 물어보고 싶은 건 말이죠……. 저기, 당신은 창을 쓴 적이 있나요?"

창이라는 단어를 들은 순간 더스트의 눈썹이 꿈틀거렸다. 그리고 그는 머리를 긁적이면서—.

"나는……."

"이리스 니이이이이이이이이이임!"

더스트가 무슨 말을 하려고 했을 때 커다란 절규가 길드에 울려 퍼졌다.

그 목소리의 주인은 아이리스의 호위인 클레어였다.

"앗?! 너는, 예전에 나를 느닷없이 베려고 했던 정신 나간 여자잖아!"

"아앗?! 그때 그 발칙한 헌팅남! 네놈, 감히 이번에는 아이리스 님을 노린 것이냐!"

"거짓말쟁이! 어이, 꼬맹이! 너, 아까 저 여자는 없다고 말했었잖아!"

"그, 그게 말이죠……."

클레어를 보고 겁을 먹은 더스트가 아이리스에게 불평을 늘어놓으면서 길드 밖으로 도망쳤다.

크리스와 함께 아이리스를 배웅한 후 시간이 꽤 늦어서 해산하기로 했지만—.

"결국 그 드래곤나이트는 없었군요. 뭐, 그 대신 크리스를 영입했으니 됐어요."

"그런 실력파 모험가가 풋내기의 마을에 계속 머물 리 없잖아. 하지만 그 더스트라는 사람은 아닌 것 같아. 그래도 이상하네. 나, 사람 보는 눈은 나쁘지 않은 편인데."

이 마을에 있으면서 바닐과 위즈의 정체를 눈치채지 못한 것만 봐도 크리스의 눈은 옹이구멍이 틀림없었다.

"하지만 그 드래곤나이트는 왜 공주님을 납치한 걸까? 이리스 양이 해준 이야기가 사실이라면 멋지겠지만, 뭔가 다른 이유가 있을 것 같아."

"뭐, 누구한테나 비밀 한두 개 정도는 있는 법이니까요. 저도 카즈마에게 보여주지 않은 부분이 있어요."

홍마족은 태어날 때부터 몸의 일부분에 번호와 표식이 새겨져 있었다.

그것이 새겨져 있는 장소는 홍마족마다 다른데, 나는 남들에게 보여줄 수 없는 장소에 그게 새겨져 있어서…….

"저기, 메구밍. 여자애가 보여주니 마니 같은 말을 함부로 하면 안 돼."

"딱히 엉큼한 이야기를 하는 게 아니에요! 그것보다, 크리스한테도 비밀이 있잖아요?!"

크리스는 그 말을 듣고 살며시 웃었다.

"나, 메구밍에게 비밀로 하고 있는 게 두 가지 정도 있어. ……그리고 둘 다 카즈마와 공유하고 있는 비밀이야."

"혹시 저한테 도전하는 건가요? 도전하는 거 맞죠? 좋아요. 요즘 들어 그 남자를 유혹하는 사람이 늘어서 눈에 거슬리던 참이에요. 자, 덤벼보세요!"

"자자자, 잠깐만! 나는 딱히 그런 뜻으로 말한 게 아냐!"

8

아지트로 돌아가 보니 세실리가 계속 자고 있어서, 깨운 뒤 오늘은 이만 돌아가겠다고 말했다.

세실리는 여기가 마음에 들었는지 완전히 눌러앉을 작정인 것 같았다. 그리고 집을 비워두는 것보다 누가 있는 편이 나을 것이다.

오늘은 우수한 도적을 한 명 영입했다.

그렇다. 드디어 도적을 영입한 것이다.

왠지 요즘 들어 계속 엇나가는 것 같았지만 이제 도적단답게 본격적인 활동을 할 수 있으리라.

뭐랄까, 멤버들이 하나같이 개성적이라서 도적단이 엇나가는 걸 막는 것도 힘들었다.

그런 사람들을 상대로 자기 뜻을 관철하며 어찌어찌 이끌어나가는 카즈마는 사실 대단한 사람일지도 모른다.

—저택으로 돌아가면서 그런 생각을 하고 있을 때, 눈에 익은 남자의 모습이 내 시야에 들어왔다.

아까 마을 공터에서 창술 연습을 하던 새내기 모험가가 주위가 어두워졌는데도 여전히 창을 휘두르고 있었다.

그리고 약간 떨어진 곳에 있는 더스트가 그런 새내기 모험가를 지그시 쳐다보고 있었다.

또 괜히 훼방을 놓을 심산인 것 같았다.

내가 근처에 경찰이 없는지 둘러보고 있을 때 더스트가 그 새내기 모험가에게 다가가더니—.

"……어이, 창 좀 내놔봐. 내가 시범을 보여주지."

—하고 뜻밖의 말을 했다.

모험가는 아직 더스트의 악명을 들어본 적이 없는지 흘러내리는 땀을 닦으면서 쥐고 있던 창을 순순히 내밀었다.

더스트는 창의 길이와 무게를 확인하듯 붕붕 돌려본 뒤 찌르기를 몇 번 선보였다.

창술에 관해 전혀 모르는 내가 봐도 그 찌르기는 날카롭고 완벽했다.

땀을 닦던 새내기 모험가는 입을 쩍 벌린 채 딱딱하게 굳어 있었다.

창이 공기를 가르는 소리가 점점 날카로워졌고 새내기 모험가는 마른 침을 삼켰다.

주위의 공기마저 팽팽해지는 느낌이 들더니 점점 긴장감이 감돌기 시작했다.

평소의 인간 말종 같던 모습은 어디로 가버린 건지, 무시무시할 정도의 집중력을 선보이고 있던 더스트가 이윽고 창을 쥔 채 자세를 낮추더니—.

"다녀왔습니다~."

"어서 와~. 오늘 저녁은 누구나 다 좋아하는 스키야키야. 아쿠아가 아까부터 계속 성화였으니까, 빨리 손을 씻고 와."

오늘의 요리 당번인 카즈마가 보글보글 끓는 냄비를 옮기면서 그렇게 말했다.

아쿠아는 이미 테이블 앞에 앉아 있었고 내가 돌아올 때까지 기다린 듯한 다크니스가 잔에 술을 따르고 있었다.

"카즈마, 뭐 좀 물어봐도 될까요?"

"응? 갑자기 왜 그래? 아하~, 내가 몇 시에 자는지 물어보려는 거야?"

카즈마는 일전의 약속을 의식하고 있는 건지 그런 엉뚱한 소리를 했다.

"아, 그런 게 아니라요. 저기……. 카즈마는 남들에게 비밀로 하고 있는 게 있나요? 비밀이 아니더라도 일부러 털어놓지 않은 것이라든가……."

"비밀? 나는 비밀이 엄청 많다고. 그리고 비밀이 없는 사람은 없을걸?"

……그것도 그렇다.

아까 본 광경이 너무 충격적이어서 그런 어이없는 질문을 하고 말았다.

역시 더스트가 우리가 찾던 그 사람인 걸까.

마지막에 보여줬던 기술은 그 정도로 충격적이었다.

보여준 후 방금 그 기술을 배우고 싶으면 100만 에리스를 가지고 오라는 소리를 하지 않았다면 나도 완전히 압도당했을 것이다.

"메구밍, 느닷없이 무슨 소리를 하는 것이냐? 참고로 나는 비밀 같은 건 없다. 너희를 믿고 전부 이야기했거든."

다크니스는 고민에 빠진 나를 향해 부드러운 미소를 지으며 그렇게 말했다.

"너, 그런 뻔뻔한 소리를 잘도 하는 구나. 귀족 아가씨라는 걸 숨긴 채 우리 파티에 들어온 걸로 모자라, 우리 몰래 시집을 가려고 하는 바람에 그런 엄청난 소동을 일으켰으면서."

그리고 다크니스는 카즈마의 말을 듣자마자 바로 울상을 지었다.

그때 스키야키의 고기가 익기만 기다리던 아쿠아가 입을 열었다.

"아, 나도 비밀은 있어. 그래. 이제 슬슬 너희에게 털어놔야겠다고 생각하던 참이야."

"어이, 너 또 자기가 여신이라는 소리를 하려는 거지? 어차피 이 두 사람은 믿어주지 않을……."

"곧 우리가 파티를 결성한지 1년이 되잖아? 실은 카즈마가 우리의 파티 결성 1년을 축하하려고 사둔 값비싼 술을, 제가 결국 못 참고 마셔버렸습니다!"

아쿠아가 그 말을 한 순간 카즈마는 그대로 얼어붙어버렸다.

"미안해~!"

"인마, 미안하다면 다냐! 그딴 건 비밀도 뭐도 아냐! ……어이, 왜 내 시선을 피하는 건데? 방금 그건 내가 화내는지 안 내는지 알아보려고 날린 가벼운 잽 같은 거고, 실은 어마어마한 게 있는 거지? 빨리 말해!"

……뭐, 좋다.

나도 도적단을 만든 걸 카즈마에게 비밀로 하고 있다.

두 사람이 평소와 마찬가지로 다투고 있는 가운데—.

와인 잔을 기울이던 다크니스가 기분 좋은 듯한 목소리로 나에게 물었다.

"그런데 메구밍. 요즘 다른 사람들과 뭔가 하는 것 같더구나. 오늘은 대체 뭘 했느냐?"

오늘은 뭘 했을까.

말단 부하가 늘어난 것을 비롯해 이런저런 일이 있었지만, 그 중에서 하나만 꼽자면—.

"오늘은 다양한 사람들이 지닌 뜻밖의 일면을 봤어요. 만약 본인이 말해도 된다고 하면, 다크니스에게도 가르쳐줄게요. 들으면 분명 깜짝 놀랄 거예요."

아이리스나 융융에게 물든 건 아니지만, 사실은 공주님과 어떤 일이 있었던 건지 다음에 꼭 물어봐야겠다.

습격하는 도적단
제4화

1

완전히 우리가 모여서 빈둥대는 곳이 된 아지트에서—.

우리 도적단의 입단 희망자 명부를 본 크리스는 이렇게 말했다.

"저기, 뭐가 어떻게 된 건지 전혀 모르겠어."

나는 망연자실한 표정으로 명부를 쳐다보며 꼼짝도 하지 않는 크리스를 향해 이렇게 말했다.

"갑자기 무슨 소리를 하는 거예요. 대체 뭘 모르겠다는 건지 모르겠네요. 그건 도적단에 들어오고 싶어 하는 사람들의 리스트예요."

"그런 사람이 이렇게 많다는 게 이해가 안 돼! 그리고 액셀에서 가장 좋은 저택을 아지트로 삼고 있는 것도 이해가 안 되는데다, 명부에 여기저기서 들어봤던 실력자들의 이름이 적혀 있는 것도 이해가 안 돼!"

이 말단 부하는 대체 왜 이러는 걸까.

"왜 그렇게 흥분하는 거죠? 조직이 커지는 건 기뻐할 일이잖아요."

"그렇기는 해도! 아, 꼭 그렇지도 않거든?! 저기, 카즈마 군은 이 사실을 알아?!"

당황한 말단 부하가 필사적인 목소리로 그렇게 말하자—.

“카즈마에게는 동료가 생겼다, 아지트가 생겼다 같은 걸 일단 보고해뒀어요.”

“그, 그렇구나. 그런데 아무 말도 하지 않나 보네……. 어? 혹시 이걸 나만 꽤 심각한 일이라고 생각하는 거야?”

크리스는 말단 부하답게 소심한 것 같았다.

“규모가 너무 커서 놀랐나요? 뭐, 저한테 이 정도는 식은 죽 먹기라고요.”

“흐으으음……. 메, 메구밍, 꽤 하네…….”

크리스는 내 말을 듣더니 놀라움과 존경심이 섞인 눈빛을 머금으며 나를 쳐다보았다.

바로 그때였다.

“메구밍도 예상했던 것보다 규모가 너무 커졌다고 당황했으면서…….”

테이블 위에 트럼프 카드로 탑을 만들던 융융이 낮은 목소리로 그렇게 말했다.

“어이, 아침부터 쌓아올린 노력의 결정이 파괴되는 꼴을 보고 싶지 않다면 입조심하는 게 좋을 거다.”

“아, 알았어. 오늘은 다섯 다발의 트럼프 카드를 사용해서 최고 기록을 갱신하고 있으니까 절대 그러지 마.”

융융은 어느새 혼자 놀기 실력을 더욱 갈고 닦은 것 같았다. 이 애는 대체 뭐가 되려고 이러는 걸까.

"그런데……."

크리스는 갑자기 거북한 표정을 지으며—.

"저쪽에서 나를 쳐다보는 사람은 대체 누구야?"

소파 뒤편에서 고개만 쏙 내밀고 있는 세실리를 힐끔 쳐다보고 그렇게 물었다.

세실리는 여자애라면 좋아죽지만 어찌된 영문인지 크리스를 경계하고 있었다.

"저 언니는 이름은 세실리예요. 이 집에 눌러앉은 프리스트죠. ……언니, 왜 그래요? 언니가 괴상한 행동을 하는 건 하루 이틀 일이 아니지만, 오늘은 평소보다 더 이상하네요."

나는 그렇게 물었고 세실리는 미심쩍은 눈길로 크리스를 쳐다보며 이렇게 말했다.

"나도 잘 모르겠지만, 어찌된 건지 이 언니의 미소녀 센서가 반응을 안 해. 이런 일은 처음이라 당황스럽네……. 저기, 너 혹시 미소녀로 가장한 남자애 아냐? 아, 나는 그런 쪽도 싫어하지 않는데……. 역시 좀 이상하네."

"반바지 입고 다니다 남자애로 오해받은 적도 있지만, 엄연한 여자예요……."

크리스는 머리카락이 짧고 항상 털털한 복장을 하고 다녀서 남자로 오해받은 적도 있는지 약간 풀이 죽었다.

"아, 크리스는 경건한 에리스 교도거든요. 아마 그래서 상성이 맞지 않는 게 아닐까요?"

세실리는 에리스 교도라는 듣더니 소파 뒤편에서 벌떡 몸을 일으켰다.

"맙소사! 미소녀들이 모이는 내 성역에 에리스 교도가 침범하다니, 절대 용납 못해! 아하~, 매일같이 여기서 데굴거리며 미소녀들에게 어리광을 부리는 내 생활이 부러워서 찾아온 거지? 이렇게 끝내주는 포지션을 빼앗길 것 같아? 어림도 없다구, 이 도둑고양이야!"

"도둑고양이?! 자, 잠깐만. 이상한 오해를 한 것 같은데, 나는 반쯤 억지로 이 도적단에 영입되었다고 할까……!"

세실리가 에리스 교도 알레르기라도 있는 것처럼 크리스를 잡아먹지 못해 안달을 내고 있는 가운데—.

"참, 융융. 오늘은 이리스를 데려오지 않았나요?"

"아, 약속 장소에 가봤더니, 이리스 양이 의식(儀式)이니 뭐니 때문에 오늘은 참가하지 못한다고 메이드 언니가 대신 전해주러……. 뭐, 뭐하는 거야. 트럼프 타워에 입김을 불지 마. 그리고 메구밍? 나, 그 애의 정체가 신경 쓰여서 죽겠는데……."

아무래도 왕족의 행사 때문에 오지 못하게 된 것 같았다.

이제 인원도 꽤 모였으니 한 번 정도 습격을 결행하는 것도 괜찮을 것 같은데, 이렇게 되면 미룰 수밖에 없었다.

"그럼 어쩔 수 없죠. 행사가 있는데, 억지로 데려왔다간 문제가 될 게 뻔하니까요."

"저기, 메구밍. 이리스 양의 정체를…… 왜 고개를 돌리는 거야? 왜 크리스 씨까지 고개를 숙이는 건데?! 앗, 흔들지 마! 타워가 무너진단 말이야!"

나는 융융의 어깨를 잡고 흔들어서 입을 다물게 만든 후—.

"그럼 도적도 영입을 했으니 슬슬 습격을 결행할까 해요! 결행일은 이리스가 참가 가능한 날! 그때까지 습격 목표를 조사한 후, 계획을 짜도록 하죠. ……이상이에요!"

"아아아앗! 타워가! 메구밍, 거기 서어어어어!"

나는 테이블을 힘차게 내려치며 그렇게 선언했다.

그날 밤—.

저택으로 돌아간 나는 저녁 식사를 마친 후 카즈마에게 질문을 던졌다.

"문제아들을 잘 이끄는 비결? 또 느닷없이 묘한 걸 묻는구나."

습격을 하기로 마음먹었지만 내 도적단의 멤버들은 하나같이 문제아들이다.

그러니까 손이 많이 가는 동료들을 이끌어 나가는 걸로 유명한 카즈마에게 비결을 배우자.

나는 그렇게 생각하며 질문을 던졌지만—.

"비결은 무슨. 나는 딱히 너희를 이끌려고 하지 않아. 몬스터 조련사도 자기가 기르는 몬스터한테 복잡한 지시를 내리지 않잖아? 나도 대략적인 지시를 내린 다음, 너희를 적

절히 유도할 뿐이야."

"대략적인 지시, 군요. 용케 그런 방식으로 지금까지 버텨왔네요."

하지만 곰곰이 생각해보니 카즈마는 세세한 지시를 내린 적이 없었다.

"뭐, 세세한 지시를 내려봤자 너희가 들을 리 없잖아. 나 정도 되는 인터넷 게임 랭커면 즉흥적으로 머릿속에 떠오른 생각만으로 어찌어찌 상황에 대처할 수 있어. 내가 고국에 있을 때 속해 있던 길드에는 너희보다 더한 문제아도 잔뜩 있었거든."

"랭커라는 건 랭킹에서 상위에 있는 사람을 가리키는 말이죠? 그러고 보니 카즈마는 전우들과 함께 요새를 공략하거나 보스를 사냥하기도 했다고 전에 말했었죠."

그것은 카즈마가 지닌 수많은 수수께끼 중 하나다.

수많은 동료들과 함께 매일같이 밤샘을 해가면서 몬스터와 보스를 사냥한 그는 나름대로 이름을 떨쳤다고 한다.

"그래. 나는 길드 안에서도 간부 중 한 명이었지. 신입 교육과 보스 사냥 스케줄 관리도 내가 맡았어. 그 덕분에 너희 같은 녀석들에게도 대처할 수 있는 거라고 생각해."

카즈마의 말에서는 확고한 자신감이 어려 있었다.

몇 번이나 들었지만 역시 거짓말을 하는 것처럼 느껴지지는 않았다.

"뭐, 굳이 비결을 꼽자면 아무리 손이 가는 녀석일지라도 내버리지 않고, 상대방을 이해하려고 하는 거겠지."

"저기, 카즈마. 왜 그 말을 하면서 나를 쳐다보는 거야?"

오호라, 상대방을 이해하려 하는 것인가.

"고마워요. 내일 동료들과 이야기를 해볼게요."

"아무리 문제가 많은 애라도 하나 정도는 장점이 있는 법이야. 그런 걸 찾아내면 의외로 써먹을 구석이 있어. 던전에 들어갔을 때 거기에 확 버려버리고 싶은 상대라도, 잘 관찰해보면 뜻밖의 일면을 찾을 수 있을지도 몰라."

"저기, 왜 아까부터 나를 계속 쳐다보는 건데?"

뜻밖의 일면.

그러고 보니 나는 아직 그 사람들을 잘 알지 못한다.

"나는 일류 게이머니까 그냥 속박 플레이라고 생각하면서 해왔어. 그리고 생활에 여유가 생긴 지금은 웬만한 삽질로는 화도 나지 않아."

카즈마가 자신만만한 목소리로 그렇게 말하자, 자신에게 들러붙는 촘스케를 부드러운 표정으로 쓰다듬어주던 다크니스가 반응을 보였다.

"어이, 카즈마. 다른 애들 앞에서 그런 음란한 발언을 하는 건 좀 그렇다고 생각한다만……."

"내 속박 플레이는 네가 좋아하는 그렇고 그런 놀이와 달라. 게이머를 모욕하지 말라고."

그건 그렇고 이렇게 젊은 나이에 길드의 간부였다니……
역시 이 남자는 범상치 않다는 생각이 들었다.

내가 카즈마를 다시 보고 있을 때, 그의 옆에 앉아서 무릎 위에 올려놓은 젤 킹에게 상냥하게 먹이를 주던 아쿠아가 입을 열었다.

"너, 아까부터 우리를 문제아 취급하는 것 같은데, 그 안에 나도 포함되는 건 아니지? 나 말고 다른 두 사람을 말하는 거지?"

"……문제아 대장인 녀석이 무슨 소리를 하는 거야?"

카즈마가 그렇게 말한 뒤, 촘스케에게 손가락을 가볍게 물리며 황홀한 표정을 짓고 있던 다크니스가 입을 열었다.

"어이, 카즈마. 나는 문제아가 아니지? 나는 우리 세 사람 중에서 가장 상식적이라고 생각한다만……."

……어이, 잠깐 입 좀 다물어 주실까.

"그 자신감은 대체 어디서 샘솟는 거야? 나는 전투 중일 때, 너희를 그나마 똑똑한 편인 고블린 정도로 여긴다고."

"너, 밖으로 따라 나와. 아름답고 똑똑한 나를 고블린 취급한 걸 후회하게 만들어주겠어."

"음, 이 남자는 요즘 간이 배밖에 나온 것 같구나. 몇 번이나 마왕군 간부를 운 좋게 해치웠다고 해도, 우리 같은 여성들을 고블린 취급하는 걸 봐줄 수는 없다."

카즈마가 그렇게 말하자, 고블린에 버금갈 만큼 성질이 급한 저 두 사람은 그대로 분노를 터뜨렸다.

“저 두 사람은 틀림없는 문제아예요. 이 중에서 가장 양식적이고 차분한 사람은 뛰어난 지능을 지닌 저죠. 아크 위저드에게 있어 냉정침착이야말로 생명이니까요. ……하지만 곤란하게 됐군요. 손이 많이 가는 이들을 데리고 어떤 일을 계획하고 있는데, 하나같이 개성적인 사람들이라 잘 풀릴 것 같지 않아요.”

“이, 인마, 불씨가 없는데도 멋대로 폭발하는 결함 덩어리 폭죽 같은 녀석이 뭐? 냉정침착? 농담하지 마.”

“저기, 메구밍. 나, 전투 중에는 메구밍보다 차분하다고 자부해.”

“우리 중에서 가장 성질이 급한 메구밍한테는 그런 말을 듣고 싶지 않구나!”

세 사람이 무슨 말을 했지만 나는 팔짱을 낀 채 생각에 잠겼기 때문에 들리지 않았다.

2

“언니에게 물어볼 게 있어요. 지금 가장 하고 싶은 게 뭐죠?”

“메구밍 양에게 시집가는 거야.”

다음 날 아침, 아침부터 아지트에서 수상한 춤을 선보이고 있던 세실리가 주저 없이 그렇게 말했다.

"……저기, 저는 여자니까 그건 좀……."

아무래도 이 수상한 춤은 여신 아쿠아에게 바치는 기도인 것 같았다. 세실리는 작은 목소리로 「아쿠아 님, 오늘도 좋은 하루가 되도록 해주세요」라고 중얼거린 후 나를 향해 이렇게 말했다.

"머릿속이 딱딱하게 굳은 에리스교와 달리, 아쿠시즈교는 상대방이 악마나 언데드만 아니라면 종족의 벽과 성별의 벽을 사소하게 여기니 아무 문제없어."

문제가 많다고요.

"으음, 언니의 마음은 고맙지만, 저도 가능하면 시집을 가고 싶거든요. 죄송해요."

"어쩔 수 없네. 그럼 힘내서 좋은 남편이 되어볼게."

"그러니까 제 말은 남성에게 시집을 가고 싶다는 거라고요! 그, 그렇게 풀 죽지 마세요. 평소에는 그렇게 난리를 피우면서 이럴 때만 가라앉은 모습을 보이는 거예요? 정말 너무하잖아요!"

내가 주인에게 버림받은 강아지 같은 표정으로 나를 쳐다보는 세실리 때문에 당황하자, 그녀는 갑자기 히죽히죽 웃으면서 이렇게 말했다.

"정말, 메구밍 양은 너무 귀엽다니깐! 어쩔 수 없네. 다른 사람한테 들은 건데, 성전환이 가능한 전설의 신기가 존재

한다고 해. 메구밍 양을 위해 무슨 수를 써서라도 그걸 손에 넣고 말겠어."

"언니가 오빠로 변한다고 제가 꼭 시집을 간다는 보장은 없으니까 관두세요! 그리고 그것 말고는 없나요? 항상 욕망에 사로잡혀 있는 언니라면, 하고 싶은 게 잔뜩 있을 것 같은데 말이에요."

세실리는 나를 꼭 끌어안으며 볼을 비볐고 나는 그녀를 밀쳐내면서 그렇게 물었다.

"메구밍 양, 무슨 소리를 하는 거야? 나는 아쿠시즈 교도란 말이야."

"……예? 예, 알아요. 그게 왜요?"

내가 고개를 갸웃거리자—.

"아쿠시즈 교도는 하고 싶은 일이 있으면 주저하지 않고 바로 해버려. 아쿠아 님에게 한 점 부끄러움이 없도록, 매일 자기가 살고 싶은 대로 살고, 하고 싶은 일을 해. 바로 이런 식으로."

세실리는 나를 끌어안은 채 빙긋 웃었다.

"방금 한 말과 지금 하는 행동에는 문제가 많지만, 그런 삶 자체는 확실히 멋지다고 생각해요. 자유를 사랑하는 아쿠시즈 교도답네요."

"고마워! 메구밍 양의 폭죽 같은 삶도 멋지다고 생각해."

남의 삶을 폭죽으로 표현하지 말아줬으면 좋겠는데 말이다.

세실리는 내 머리를 쓰다듬으면서—.

"혹시 고민이 있다면 내가 상담 상대가 되어줄게. 이 언니는 상담역이잖니!"

여전히 날카로운 면을 선보였다.

그렇다. 나는 요즘 어떤 문제 때문에 고민하고 있다. 그것은 바로—.

"저번에는 그냥 유야무야 지나갔지만, 메구밍 양은 좋아하는 사람이 있지?"

괴짜밖에 없는 이 집단으로 어떻게 습격을 성공시킬 것인가…….

"아아, 아니에요! 지금 무슨 소리를 하는 거예요?! 이 멤버로 습격을 성공시킬 방법을 찾으려고 고민하는 거라고요! 그런 걸 고민하지는 않아요!"

세실리가 정곡을 찌르는 발언을 입에 담아서 나는 귀까지 빨개지고 말았다.

그런 나를 쳐다보며 상냥한 미소를 짓고 있던 세실리는 왠지 어엿한 성직자처럼 보였다.

이 사람은 때때로 이렇게 의외의 일면을 보인다. 정말 약았다.

"더 놀렸다간 미움 받을 것 같으니까 그만할래! 우선 귀족 중 습격할 대상을 정해야 해. 다음은 그 귀족을 어떻게 습격할지를 정해야겠네. 마지막으로 그 귀족이 진짜로 악행을 저지르고 있어서 우리가 습격을 하더라도 일이 커지지 않을지를 파악해야 해. 즉, 표적으로 삼을 상대는 이름이 꽤 알려져 있고, 돈이 많은데다, 몰래 나쁜 짓도 하고 있어야 하는 거지."

아까까지 나를 놀려댔던 세실리가 웬일로 도움이 되는 의견을 제시했다.

"실은 메구밍 양한테서 계획을 들었을 때부터 이미 표적으로 점찍어둔 사람이 있어."

"언니, 뭐 잘못 먹었어요? 오늘은 엄청 도움이 되네요."

이 사람, 대체 왜 이러는 걸까.

제스터라는 끝내주는 변태를 비롯해서 아쿠시즈 교도는 때때로 엄청난 힘을 발휘할 때가 있다.

나는 기대에 찬 눈길로 세실리가 점찍어뒀다는 표적을—.

"이 마을에 더스티네스 가문이 눌러앉은 건 알고 있어?"

"…………."

내가 갑자기 입을 다문 가운데 세실리는 흥분한 목소리로 말을 늘어놓았다.

"상대는 거물일수록 좋을 거야. 그런 점에서 볼 때, 더스티네스 가문은 충분히 그 조건을 만족시켜. 그 다음으로 중요한 건 돈이 얼마나 있느냐, 인데 그 가문은 이 나라에서 손꼽히는 대귀족이잖아? 가난뱅이일 리가 없어."

거기는 가난뱅이가 아니지만 귀족답지 않게 재산이 얼마 안 되는데…….

"그리고 무엇보다 그 가문 사람들은 하나같이 열렬한 에리스 교도라고 해! 사악한 에리스교에 물들어버린 가문이니까, 분명 남들 몰래 악행을 저지르고 있을 게 틀림없어!"

"죄송한데 그 가문만은 타깃에서 제외하죠. 부탁이니까 작작 좀 하라고요."

이 사람의 이야기를 진지하게 듣고 있었던 내가 부끄럽다.

"메구밍 양이 그렇게 말하면 어쩔 수 없네……. 그래도 두 번째 후보로 점찍어뒀던 가문이 있어. 우선 그 가문을 조사해보는 건 어떨까?"

3

"—벨하임 가문? 으음, 거기는 초보자가 건들기에는 좀 벅찰 것 같은데……. 아직 나쁜 소문을 듣지 못한 데다, 경비가 엄중하니까 추천을 못하겠네."

점심때가 지나서 길드에 간 나는, 거기서 한가하게 시간을 보내고 있던 크리스에게 아까 세실리에게 들은 귀족에 대해 물어보았다.

"초보자에게 추천을 못한다고요? 왠지 귀족의 집에 침입하는데 익숙한 사람이 할 법한 말이네요."

"푸읍! 콜록, 콜록……! 그, 그게 말이야. 나는 직업이 도적이잖아? 실제로 도둑질을 하러 가지는 않더라도, 머릿속으로 상상 같은 건 한다구!"

크리스는 입안에 있던 크림슨 비어를 뿜으며 허둥지둥 그렇게 말했다.

오호라, 폭렬마법을 쓰는 마법사가 크고 단단할 뿐만 아니라 부수는 보람이 있는 것을 찾아다니는 습성을 지닌 것과 마찬가지인 걸까.

크리스는 입가를 손수건으로 닦으며 이렇게 말했다.

"일단 벨하임 가문에 관해서 조사를 해보겠지만, 처음에는 송사리 느낌이 물신 나는 귀족의 집을 노리는 편이 좋지 않을까? 나쁜 짓을 해서 곧 망할 예정인 가문이라면, 도둑질을 당한 게 외부로 알려지지 않는 경우도 많아."

"혹시나 해서 묻는 건데, 단순히 상상만 해본 거죠? 실제로 도둑질을 한 건……."

"아아아, 안 했어. 메구밍, 너 지금 무슨 생각을 하는 거야? 내가 그런 위험한 짓을 할 리 없잖아!"

크리스는 그렇게 말했지만 거짓말이 서툰지 눈빛이 흔들리고 있었다.

테이블 위에 놓인 손수건을 접었다 폈다 하면서 안절부절못했다.

"……크리스는 에리스 교도죠? 혼자서 귀족 저택에 침입하는 위험한 짓을 하지 않았다고 여신 에리스에게 맹세할 수 있나요?"

"으음……. 지, 진심으로 맹세할 수 있지만……. 어, 어떤 반응을 보여야 할지 모르겠네……."

그렇게 말하며 순순히 맹세를 하는 크리스를 본 나는 뜻밖이라고 생각하면서도 안도의 한숨을 내쉬었다.

크리스는 경건한 에리스 교도인 것 같으니까 신에게 거짓 맹세를 하지는 않을 것이다.

몰래 무모한 짓을 하고 다니는 건 아닌지 걱정됐지만 아무래도 기우에 불과한 것 같다.

"참, 크리스에게 물어볼 게 있어요. 지금 당신이 가장 하고 싶은 일, 이루고 싶은 꿈은 뭔가요?"

"뭐, 뭐어?! 이루고 싶은 꿈……. 저기, 메구밍. 너, 진짜로 나에 대해 모르는 거지? 나는 굳이 따지자면 꿈을 이루는 쪽이 아니라 남의 꿈을 이뤄주는 쪽인데……."

크리스는 또 이상한 소리를 했다.

나는 이 사람이 우리 도적단의 단원 중에서 가장 제대로 된 사람이라고 생각했는데, 어쩌면 그렇지 않을지도 모른다.

"실은 카즈마한테서, 남들을 잘 이끌어나가고 싶다면 우선 그들을 이해해야 한다는 말을 들었어요. 뭐, 그러니까 당신에 대해 알고 싶은 거예요."

크리스는 내 말을 듣더니 이상한 표정을 지으면서 나를 응시했다.

"흐음, 카즈마 군 치고는 꽤 지당한 소리를 했네. 하지만 이루고 싶은 꿈, 하고 싶은 일, 이라……. 으음, 이미 하고 싶은 일을 마음껏 하고 있으니까 딱히 없어."

"하고 싶은 일을 마음껏 하고 있는 거군요. 세실리와 같은 말을 하네요. 아쿠시즈 교도와 에리스 교도는 근본적인 부분이 같은 걸까요?"

"잠깐만, 기회를 한 번만 더 줘! 제대로 생각해보고 대답할게!"

크리스는 아쿠시즈 교도와 동일시되는 게 싫은지 미간을 찌푸리며 끙끙댔다.

크리스는 잠시 고민한 끝에 부끄러워하듯 배시시 웃었다.

"내가 하고 싶은 일……. ……동성 친구와 쇼핑을 하러 가서 옷을 잔뜩 산다거나, 유행하는 가게에 가서 맛있는 파르페를 먹어본다거나……. 그런 별것 아닌 일들을 해보고 싶어."

크리스는 활발해 보이는 겉모습과 다르게 그런 여성스러운 말을 했다.

"당신이라면 얼마든지 할 수 있잖아요. 외톨이인 융융이나, 신분이 높은 이리스와는 다르니까요. 모험가이자 정보통인 여자 도적이라면 이성 경험도 풍부하고 잘 놀 것 같은 이미지가 있다고요."

"너, 너무해! 나, 아직 데이트도 해본 적 없단 말이야!"

처음 만났을 때의 크리스는 카즈마에게 느닷없이 승부를 하자고 할 만큼 놀 줄 아는 도적 같아 보였지만 의외로 순정파일지도 모르겠다.

카즈마의 말이 맞는 것 같았다.

세실리도, 크리스도, 내가 모르는 일면을 지녔다.

그래도 데이트, 라…….

나도 1대 1로 제대로 된 데이트를 해본 적이 없었다.

………….

"그러고 보니 물어볼 게 하나 더 있어요."

"뭔데? 다크니스와는 예전부터 알고 지냈고, 아쿠아 씨와도 이런저런 일이 있는 데다, 카즈마 군과는 비밀을 공유하는 사이인데, 너희 파티 멤버 중에서 메구밍과는 그다지 접점이 없었네. 좋아, 뭐든 다 물어봐."

나는 술잔을 흔들면서 즐거운 어조로 그렇게 말하는 크리스에게 물었다.

"카즈마와는 어떤 사이죠?"

"……친구, 일까?"

나는 시선을 피하는 크리스를 향해 고개를 쑥 내밀며 말했다.

"친구치고는 요즘 들어 그 남자와 사이가 너무 좋은 것 같아요. 그리고 크리스는 저와 접점이 없다고 말했는데, 카즈마와도 접점이 없다고 생각하는데 말이죠."

"그, 그게 말이야. 도, 도적 스킬을 가르쳐주기도 했고, 그것 말고도 이런저런 일이 있었어! 그래도 진짜 평범한 친구 사이야! 특별한 감정은 없어!"

저렇게 필사적으로 변명을 하니 더 수상한 데다가 비밀을 공유하는 사이라는 말도 엄청 신경 쓰였다.

"옛날에는 여자 지인이라고는 같은 파티에 속한 저희밖에 없었던 카즈마가, 요즘 들어 묘하게 인기가 있는 느낌이 들어요. 오랫동안 함께 지낸 사람들이라면 몰라도, 어디서 굴러먹다 불쑥 튀어나온 말 뼈다귀인지도 모르는 애한테 빼앗기면 못 참을 것 같아요."

볼이 벌게진 크리스는 방금 당한 걸 복수하려는 것처럼 장난기 어린 눈길로 나를 쳐다보며 이렇게 말했다.

"흐음~. 그러고 보니 메구밍은 요즘 카즈마 군과 꽤 괜찮은 분위기라고 들었어. 저기, 그를 좋아해? 얼마나 좋아하는지 이 언니에게 말해주지 않을래?"

"카즈마를 좋아해요. 얼마나 좋아하냐면, 진심으로 좋아한다고 대답할 수밖에 없네요."

크리스는 그 말을 듣더니 얼굴을 더욱 붉혔다.

"처음에는 괴상한 짓만 해대는 괴짜라고 생각했는데, 남을 잘 챙겨주는 사람으로 평가가 바뀌더니, 머지않아서 같이 있으면 안심이 되는 사람으로 바뀌었죠. 이런 걸 두고 자기도 모르는 사이에 좋아하게 되었다고 말하는 걸까요? 지금은 매일 폭렬마법 못지않게 카즈마에 관해서 생각해요."

"그그그, 그렇구나! 메구밍한테는 남자다운 구석도 있네. 방금 그 말을 듣고 당황하거나 부끄러워할 줄 알았어. 이렇게 솔직하게 털어놓으니까, 어떤 반응을 보여야 할지 모르겠어요……."

나를 쳐다보는 크리스의 눈매에 왠지 존경의 빛이 어렸다.

"그러니 적이 될 상대는 일찌감치 자근자근 밟아둘 생각이에요. 진짜로 카즈마와는 단순한 친구 사이인 거죠?"

"진짜로 친구 사이야! 그러니까 흥분을 가라앉혀! 눈이 시뻘겋게 빛나고 있다구! 으음, 그럼 나는 벨하임에 관해서 조사하러 갈게!"

크리스는 그렇게 말하더니 겁먹은 표정을 지으며 허둥지둥 길드를 뛰쳐나갔다.

나도 모험가 길드를 나선 후 다음 목적지로 향했다.

융융이 그 애를 데려올 때가 된 것이다.

4

"이, 이거 정말 귀엽네! 아, 저쪽에 있는 것도 귀여워!"

"맞아요. 이런 가게에는 처음 와봤는데, 정말 신기해요. ……저기, 융융 씨. 저희는 빨리 아지트에 가야하지 않을까요?"

마을의 대로 쪽에 있는 이 소품가게는 여자애들에게 인기가 많다. 그리고 나와 친분이 있는 두 소녀가 그 가게를 둘러보고 있었다.

"괜찮아. 지금쯤 다 같이 과자나 먹으면서 데굴데굴하고 있을걸? 세실리 씨에게 성희롱을 당한 메구밍이 화내고, 크리스 씨가 못 말린다니깐~ 하고 말하며 쓴웃음을…….

……그러는 것도 꽤 즐거울 것 같네."

"그럼 저희도 슬슬 가볼까요? 쇼핑은 즐겁지만 두목님에게 걸리면 혼날 거예요."

아이리스가 그렇게 말하자 융융은 움찔했다.

"그, 그래. 딱히 메구밍이 무서운 건 아니지만, 너무 기다리게 하는 것도 좀 그렇잖아. 그럼……."

"어이, 자기보다 어린 애를 끌고 다니면서 몰래 자기 소망을 이뤄놓고, 그딴 소리를 하는 것이냐?"

내가 등 뒤에서 말을 걸자 융융은 화들짝 놀라며 몸을 부르르 떨었다.

그리고 머뭇거리면서 등 뒤를 돌아본 융융은—.

"정말 못 말린다니까요. 아무리 친구가 없다고 해도, 아무것도 모르는 이리스를 데리고 무슨 짓을 하는 거죠? 폭렬마법을 쓰지 않기 위해 약속 시간을 정해서 혼자 데려오게 했더니, 첫날부터 이래야겠어요?!"

"……잘못했습니다."

우리가 아지트로 향하고 있는 가운데—.

귀까지 새빨개진 융융이 두 손으로 얼굴을 가린 채 우리 뒤를 따라오고 있었다.

"비슷한 또래와 같이 쇼핑하는 걸 동경했던 거죠? 그래도 이리스를 데리러 간 사람이 이런 짓을 벌이면 어떻게 하냔 말이에요. 정 그런 가게에 가고 싶으면 다음에 제가 같이 가 줄 테니까 바보 같은 짓 좀 하지 마세요."

융융은 그 말을 듣고 놀라움과 기대에 찬 표정을 지었다.

"저, 정말이야? 진짜로 메구밍이 같이 가줄 거야? 친구가 생겼을 때 같이 가고 싶은 가게 리스트가 슬슬 노트 세 권 분량이 되어 가는데……."

"너무 많아요! 하다못해 몇 개 정도로 줄이세요! 그것보다, 두 사람에게 물어보고 싶은 게 있는데요."

나는 그렇게 말하면서 아까 세실리와 크리스에게 던졌던 질문을 입에 담았다.

"내가 하고 싶은 일? 저기, 메구밍. 왜 느닷없이 그런 걸 묻는 거야? 그리고 대답해줄 수야 있지만, 아마 내가 하고 싶은 일을 전부 언급하려면 하루로는 부족할 것 같은데……."

"그러니까 너무 많다고요! 진짜로 하고 싶은 일, 가장 이루고 싶은 소망을 말해 봐요!"

내가 그렇게 말하자 융융은 나를 힐끔힐끔 쳐다보더니—.

"그럼 이제 그만 메구밍과 결판을 내고 싶어."

머뭇거리면서 작은 목소리로 그렇게 말했다.

"결판이라면 이미 나지 않았나요? 레벨로도, 명성으로도, 그리고 여자로서도 말이죠."

"잠깐만 있어봐. 레벨이나 마왕군 간부 격파수라면 몰라도, 여자로서는 납득이 되지 않거든?!"

융융은 눈을 붉게 반짝이면서 팔짱을 끼더니 커다란 가슴을 그 위에 얹었다.

……이 녀석이 정말…….

"신체 발육에 관한 이야기를 하는 게 아니에요. 나이에 비해 에로틱한 몸을 지녔으면서 남자 하나 제대로 낚지 못하는 주제에, 저에게 대항하려 하는 것 자체가 주제넘다는 거죠."

"카즈마 씨와 분위기가 좋다고 이겼다고 생각하지 마! 나도 마음만 먹으면……! 머, 먹으면……."

융융의 목소리는 점점 작아졌고 나는 의기양양한 표정을 지으며 가슴을 폈다.

"이성 친구는 한 명도 없죠? 아, 저번에 봤던 그 금발 양아치가 친구였던가요? 그 사람이라면 융융에게 잘 어울릴 것 같네요. 행복을 빌어줄게요!"

"아무리 농담이라도 절대 용서 못해! 그 사람은 거론할 가치도 없단 말이야! 좋아! 이 세상에는 해도 되는 말과, 하면 안 되는 말이 있다는 걸 가르쳐주겠어! 지금 이 자리에서 바로 결판을 내자!"

융융은 붉게 빛나는 눈으로 나를 쳐다보며 허리에 찬 지팡이를 뽑아들었다.

"하, 한 번 해보자는 건가요? 좋아요! 얼마든지 덤벼보세요! 옛날에 당신이 카즈마에게 애를 만들자고 했을 때, 실은 엄청 열 받았었다고요! 다시는 남의 남자한테 꼬리치지 못하도록 이 자리에서 버릇을 고쳐주겠어요!"

"그, 그 이야기는 하지 마! 그건 착각에서 비롯된 사고니까 잊어줘!"

융융은 부끄러워 죽겠다는 듯 지팡이를 놓치며 그렇게 외쳤고 나는 오늘의 승리를 마음속으로 기록했다.

"대체 오라버니에게 호의를 가지고 있는 사람이 얼마나 많은 거죠?! 남들 보는 앞에서 크리스 씨의 팬티를 빼앗고, 라라티나에게 엉큼한 짓을 했다는 이야기도 들었어요. 게다가 융융 씨와 애, 애 만들기를……!"

"그만해! 그런 거 아냐! 나, 카즈마 씨에게 그렇고 그런 감정은 없어! 그, 그것보다 이리스 양이 이루고 싶은 소망이나 말해줘! 메구밍이 아까 물었잖아?!"

융융이 필사적으로 화제를 돌리기 위해 그렇게 말하자 아이리스는 볼을 붉혔다.

"저, 저는, 그러니까……."

……정말, 이 녀석이나 저 녀석이나…….

"저는, 오, 오라버니와……!"

"더는 말하지 마세요! 당신들은 대체 어떻게 되어먹은 거죠?! 하나같이 눈에 콩깍지가 씌었잖아요! 이 나이 또래 여자애들은 하나같이 이런 건가요?!"

5

눈에 콩깍지가 씌워진 두 사람을 데리고 아지트에 돌아와 보니 그곳에서는 기묘한 광경이 펼쳐지고 있었다.

"당신, 에리스 교도치고는 꽤 안목이 괜찮네. 맞아, 아쿠아 님은 위대해. 그리고 정말 사랑스러워."

"응. 뭐, 나쁜 사람은 아니라고 생각해."

세실리가 카펫 위에 앉아서 무릎을 끌어안고 있는 크리스에게 설법을 늘어놓고 있었다.

아무래도 여신 아쿠아의 장점을 설명하고 있는 것 같았다.

"어서와, 메구밍 양. 지금 크리스 양을 아쿠시즈 교도로 개종시키려던 참이야."

"뭐어?! 잠깐만, 개종할 생각은 없거든?!"

설법에 귀를 기울이던 크리스는 그 말이 뜻밖인지 깜짝 놀랐다.

"무슨 소리를 하는 거야? 당신, 악마와 언데드에 대해 어떻게 생각해?"

"물론 이 세상에서 사라져야 한다고 생각해."

크리스가 주저 없이 그렇게 대답하자 세실리는 환한 미소를 지으며 이렇게 말했다.

"대단해, 크리스 양. 역시 당신에게는 아쿠시즈 교도가 될 소질이 있어! 그래. 여신 아쿠아께서는 이렇게 말씀하셨어. 악마는 죽어야 마땅하다, 마왕은 자근자근 밟아줘야 마땅하다, 언데드는 흙으로 돌아가야 마땅하다고 말이야! 자, 당신도 아쿠시즈교에 입교를……!"

"에리스교에서도 악마와 언데드를 기피해야 할 존재로 가르치고 있거든?! 솔직히 말해 아쿠시즈교에 입교하라는 소리를 듣는 날이 올 줄은 몰랐어. 나, 요즘 들어 왜 항상 이렇게 재미있는 상황에 처하는 걸까?!"

아쿠시즈교와 에리스교는 사이가 나쁘니까 저 두 사람도 툭하면 다툴 거라고 생각했지만 의외로 사이가 좋아 보였다.

나는 말다툼을 벌이는 두 사람을 부른 후 단원 전원에게 계획에 관해 이야기하기로 했다.

나는 앞에 있는 테이블을 두 손으로 짚으며 몸을 쑥 내밀었다.

"그럼 여러분. 오늘 이렇게 모여 주셔서 감사합니다. 현재 입단 희망자가 쇄도하고 있는 상황입니다. 이건 정말 기뻐해 마지않을 상황이라 생각합니다."

“맞아. 사람도, 모이는 빈도도 늘어나면서 우리 활동도 궤도에 오른 것 같네.”

융융이 내 말을 듣더니 고개를 끄덕이며 그렇게 말했다.

“그래요. 아직은 순조로워요. 어느 정도 형태가 갖춰진 것 같으니, 슬슬 본격적인 활동을 시작할까 해요.”

아이리스는 그 말을 듣고 고개를 갸웃거렸다.

“활동? 오늘은 뭘 할 건가요? 얼마 전에는 산에서 나물을 캤고, 그 전에는 강에서 물고기를 잡았잖아요. 아, 맞다. 오늘은 도시락을 싸오지 않았어요. 소풍은 내일 가면 안 될까요?”

“소풍을 갈 거라고는 한마디도 한 적 없거든요?! 요즘 들어 저희가 뭘 하는 단체인지 헷갈릴 때도 있지만, 그래도 본래 목적을 잊지는 말아주세요. 떠올려 보세요. 저희가 뭘 하기 위해서 모인 건지 떠올려 보라고요.”

내가 그렇게 말하자 다들 한마디씩 입에 담았다.

“친구를 만들기 위해서 모인 건 줄 알았는데…….”

“모험을 하기 위해서 모인 거라고 생각했는데요…….”

“이 언니는 귀여운 미소녀에게 둘러싸여 지낼 수 있다는 말에 낚였어.”

“어라?! 내가 들은 것과는 여러모로 다른데?!”

나는 본래 목적을 망각한 그들의 발언을 듣고 테이블을 내려쳤다.

“그게 아니에요! 저도 때때로 샛길로 샜지만, 저희의 본래 목적은 은발도적단에게 찬동하며 그들의 활동을 돕는 거예요! 습격이에요! 악독한 귀족의 저택을 습격해서 저희의 이름을 알리자고요! 그러니까 크리스, 조사 결과를 이야기해 주세요!"

"조사해보니 깨끗했어. 나쁜 짓을 한 적도 없는 것 같으니까, 표적으로 삼지 않는 편이 좋을 거야. 그런데 왜 이 귀족을 표적으로 삼았어?"

크리스는 그렇게 말했고 세실리는 실망한 듯한 어조로 이렇게 말했다.

"그 귀족에게 아쿠시즈 교단에 기부를 부탁하려고 찾아갔더니, 자기는 종교에 관심이 없다고 하지 뭐야. 에리스교니, 아쿠시즈교니, 그런 수상한 것들은 딱 질색이라고……."

세실리가 그렇게 말하자 크리스가 갑자기 분노를 터뜨렸다.

"거기를 노리자! 신을 수상하다 말한 망할 놈들에게 천벌을 내려주는 거야!"

"그러자! 그러자! 크리스 씨는 말이 통하네! 역시 당신은 아쿠시즈교가 잘 맞을 것 같아! 참, 메구밍 양도 우리 의견에 동의하는 거지?"

두 사람은 흥분한 목소리로 그렇게 말했고—.

"말도 안 되는 소리 하지 마세요. 나쁜 짓을 안 한 귀족을 노릴 이유가 없잖아요. 다른 사람을 노리죠. 여신 아쿠아와 여신 에리스가 그 귀족을 습격하는 걸 허락하지 않을 거예요."

"허락해! 에리스 님은 쌍수를 들며 허락할 거야!"

"아쿠아 님도 분명 허락해주실 거야! 아예 작살을 내주라는 계시를 내려주실 게 틀림없어!"

이 두 사람을 대체 어떻게 할까.

게다가 정상인 것 같던 크리스가 의외로 과격해서 놀랐다.

카즈마의 말처럼 동료를 제대로 이해하는 것은 매우 중요하다는 게 실감됐다.

"흐음, 하고 싶은 말이 무엇인지는 이해했어요. 즉, 드디어 정의의 사도로서 활동하는 거군요! 그럼 이렇게 하죠. 실은 왕가가 마크하고 있는 귀족 리스트라는 게 있어요. 거기에 이름이 올라있는 귀족 저택을 일단 습격한 다음, 아무것도 안 나온다면 아버님에게 저희를 대신해 사과해달라고……."

"당신은 입 다물고 있어요! 당신 아버님을 끌어들이는 건 절대 안 돼요!"

더욱 과격한 발언을 하는 아이리스에게 내가 태클을 날리고 있을 때, 융융이 내 망토를 잡아당기며 입을 열었다.

"그냥 다 같이 즐겁게 노는 단체여도 괜찮지 않을까? 자, 이리스 양의 메이드 언니가 만든 과자야. 맛있으니까 메구밍도 먹어…… 아아아아아앗~!"

나는 융융이 내민 과자를 전부 입 안에 털어 넣고 우걱우걱 씹어 먹은 다음, 이렇게 말했다.

"어쩔 수 없군요. 습격을 하려고 해도 표적이 없어서는 할 수가 없어요. 한동안은 상황을 지켜보도록 하죠."

이번만큼은 평소처럼 내 멋대로 소동을 일으킬 수 없다.

내가 무슨 일을 하면 두목으로서의 책임이 뒤따르는 것이다.

"내 몫까지 먹어버리면 어떻게 해애애애앳!"

융융이 내 몸을 마구 흔들어대는 와중에도 나는 계속 골머리를 썩였다.

6

"다녀왔습니다~."

"어서 와~. 왠지 피곤해 보이네."

그 후로 전혀 이야기가 수습되지 않고 계속 시간만 흘러갔다.

그래도 크리스가 도둑질을 하러 몰래 잠입하기 좋은 귀족을 찾아낼 수 있다고 해서 오늘은 일단 해산하기로 했지만…….

"아, 남을 이해하면서 이끌어 나가는 게 얼마나 힘든 건지 깨달았거든요. 어느 언니는 저를 놀려대고, 정상인 줄 알았던 사람은 의외로 과격했고, 자칭 라이벌은 툭하면 덤비고, 꼬마 계집은 여전히 호시탐탐 기회를 엿보고 있다는 걸 다시 깨닫기까지……. 정말 지친다니까요."

평소에는 멋대로 날뛰는 쪽이라서 말리는 사람이 얼마나

힘든지를 알지 못했다.

"잘 모르겠지만 고생이 많나 보네. 이 기회에 내가 얼마나 고생하는지 느껴 보라고."

나는 소파에 몸을 맡기고 있는 카즈마의 옆에 앉은 후 그의 얼굴을 지그시 쳐다보았다.

"음? 요즘 길드의 여자 모험가 사이에서 인기가 괜찮은 나를 왜 뚫어져라 쳐다보는 거야? 너도 그 녀석들과 마찬가지로 이제 와서 나의 매력을 눈치챈 거냐?"

내가 이런 말을 하는 것도 좀 그렇지만 아이리스는 왜 이 남자에게 끌리는 걸까.

그는 미간을 찌푸리며 얼굴을 비스듬히 들더니 콧구멍을 넓히면서 그런 소리를 했다. 이러면 자기가 잘생겨 보인다고 생각하는 걸까.

"그러고 보니 요즘 모험가 길드의 여자들 사이에서 평판이 꽤 괜찮던데요? 좀 추켜세워 주면 얻어먹을 수 있는 쉬운 남자로 여겨지는 것 같더라고요."

"두고 보자. 그 녀석들, 다음에 만나면 스틸을 날려주겠어."

카즈마는 느닷없이 어금니를 깨물고 옆에 내가 있는데도 주저 없이 다른 여성을 향한 성희롱 발언을 입에 담았다.

나는 왜 이 남자에게 끌리는 걸까.

낮에 다른 사람들과 나눴던 대화를 떠올렸다.

아이리스와 융융에게는 콩깍지가 씌었다고 말했지만, 이

남자가 아무 여자에게나 집적대는 걸 보고도 넘어가는 내 눈에도 콩깍지가 씌워진 게 아닐까.

기본적으로 게으름뱅이에 약해빠졌으면서 말투는 험하며, 모험가 길드에서 자신의 공적을 떠벌리고 다닐 만큼 겸허함과는 거리가 멀다.

겉모습은 평범하고 성격도 착하지는 않지만 그렇다고 나쁘지도 않은 소인배다.

"……어이, 진짜로 왜 이러는 거야? 네가 그렇게 뚫어져라 쳐다보니 나도 좀 부끄럽거든? 대체 왜 이러는 건데? 너, 나를 좋아하는 거야?"

그리고 여자를 엄청 밝히지만 이렇게 좀 쳐다보기만 해도 동요한다.

아주 약간 호의를 드러내기만 해도—.

"좋아해요. 제가 왜 당신을 좋아하는지 진지하게 고찰하고 있던 참이에요."

"뭐엇?!"

그렇다. 이렇게 된다.

"이, 인마. 예전부터 몇 번이나 말했지만, 느닷없이 그런 소리 하지 마. 마음의 준비를 해야 한단 말이야. 앞으로는 그런 소리를 하기 전에 편지 같은 걸로 몇 월 며칠 몇 시 즈음에 할 건지 예고해달라고."

"무드라고는 눈곱만큼도 없는 고백이네요. 저는 항상 제

가 하고 싶은 말을, 제가 하고 싶을 때 했을 뿐이에요. 어제 카즈마가 말했잖아요. 상대방을 이해하라고요. 지금은 카즈마를 이해하려고 하는 거예요."

내가 카즈마를 똑바로 쳐다보며 그렇게 말하자 그는 완전히 당황하고 말았다.

나는 그런 카즈마를 향해 빙긋 웃으면서 이렇게 말했다.

"카즈마는 저를 이해하니까, 적절한 지시를 내릴 수 있는 거죠? 지금 제가 무슨 생각을 하고 있는지 알겠어요? 제가 당신과 단둘이 있는 이 상황에서 뭘 하고 싶어 하는지를 말이에요."

"……세—."

어이.

"잠깐만! 방금 그건 못들은 걸로 해줘!"

"이런 분위기 속에서, 여자애한테 대체 무슨 말을 하려고 한 건지 말해보실까!"

내 눈동자의 색깔을 보고 숨을 삼키며 오들오들 떠는 카즈마를 보니 진지하게 생각을 하는 것 자체가 어이없게 느껴졌다.

그렇다. 용의주도하게 계획을 해서 습격을 감행하는 것은 나답지 않다.

어떻게 동료들을 이끌어나갈지, 어떻게 말릴지—.

그리고 뒷일 같은 걸 생각하는 것도 나답지 않다.

나는 언제 어느 때나 최선을 다해왔다.

나는 대체 뭘 고민하고 있는 걸까.

"오해하지 마, 메구밍. 아까 그 질문은 약아빠졌다고 생각해. 객관식이라면 틀리지 않을 거라고. 그러니까 한 번만 더 기회를 줘."

만약 자신이 이러지도 저러지도 못하는 상황에 처한다면, 미안하지만 항상 신세를 지는 이 남자에게 의지하자.

나는 또 바보 같은 소리를 하는 카즈마를 향해—.

"아뇨, 이제 됐어요."

이제 화가 풀렸다는 걸 어필하려고 미소를 지었다.

하지만—.

"잠깐만 있어봐! 내가 잘못했으니까 용서해줘! 다시 진지하게 생각해볼게! ……그래. 느닷없이 그 정도로 진도를 빼는 건 성급해. 우선 키스라든가……."

"이제 됐다고 말했잖아요! 그리고 목소리가 너무 커요! 부엌에 있는 아쿠아와 다크니스가 이 광경을 본다면……!"

—하고 내가 말하려던 바로 그때였다.

카즈마의 시선이 나를 향하고 있지 않다는 것을 눈치챘다.

"어어어어어어어……."

카즈마의 시선은 복도 구석에서 테이블을 닦을 행주를 양손으로 쥐어짜며 얼굴만 쏙 내밀고 있는 아쿠아를 향하고 있었다.

경악에 찬 표정을 짓고 있던 아쿠아는 우리를 응시한 뒤 뒷걸음질을 치더니—.

"저기, 다크니스! 큰일 났어~! 카즈마와 메구밍이 얼굴을 붉힌 채 찰싹 달라붙어서 키스 같은 소리를 하고 있다구~!"

우리는 다크니스에게 보고하러 가는 아쿠아를 허둥지둥 말렸다.

7

다음 날.

나는 아지트에 모인 단원들 앞에서 망토를 펄럭인 후—.

"오늘 저는 기합이 잔뜩 들어가 있어요. 그리고 날씨도 쾌청한 게 정말 결딴내기 좋은 날이군요!"

멋진 포즈를 취하고 애용하는 지팡이를 움켜쥐었다.

"저기, 물어볼게 있는데. 우리는 나쁜 귀족의 저택에 몰래 들어가서 도둑질을 할 거잖아? 그런데 웬 결딴? 왠지 좀 흉흉하게 들리는데……."

융융이 불안한 표정을 지으며 그렇게 말하자—.

"결딴은 결딴이에요. 카즈마한테 배운 건데, 습격을 하러 가는 걸 결딴내러 간다고도 표현한대요. 일단 귀족의 저택에 가면 그 다음부터는 어찌어찌 알아서 될 거예요."

"저기, 우리는 도적단이지? 우리는 강도단이 아니라 도적단이지?!"

나는 내 어깨를 잡고 흔들어대는 융융을 곁눈질하면서 크리스에게 물었다.

"그건 그렇고, 저희가 습격을 할 만한 귀족은 찾았나요?"

"으, 응. 그래. 저기, 우리는 도둑질을 하는 거지? 강도짓을 하려는 건 아니지?"

크리스는 약간 머뭇거리며 아지트에 모인 이들 앞에서 지도 한 장을 펼쳤다.

그것은 액셀 마을 주변의 지도였다.

크리스는 마을 외곽에 있는 숲을 손가락으로 가리켰다.

"으음, 실은 이 근처에 어떤 귀족의 별장이 있어. 그리고 거기서 좀 이상한 일이 일어나고 있나봐."

크리스의 이야기에 따르면, 그 집의 주변에서 액셀 마을 근처에서는 좀처럼 볼 수 없는 강력한 몬스터가 목격되었다고 한다.

"그건 모험가 길드에서 처리할 일 아닌가요? 요즘 들어 액셀의 모험가들은 여러 거물 현상범을 쓰러뜨려서 주머니가 두둑해진 탓에 일을 안 한다고 들었어요. 그래서 약한 몬스터를 먹이로 삼는 강한 몬스터가 이쪽으로 영역을 옮긴 게 아닐까요?"

나는 그렇게 말했고 크리스는 복잡한 표정을 지으며 고개를 저었다.

"그럴 수도 있고, 아닐 수도 있어. 어쩌면 저 집에 어떤 신기가 있는 걸지도 몰라."

그 신기란 몬스터를 랜덤으로 불러내어 사역하는 강력한 물건이라고 한다.

그런 능력을 지닌 물건이라면 신기라 불려도 이상할 게 없지만—.

"그렇게 엄청난 물건을 이름도 들어본 적 없는 귀족이 손에 넣을 수 있을까요? 어마어마한 가격에 거래되더라도 이상할 게 없는 것 같은데요."

"그게 말이지. 사실 이 신기는 그 누구도 찾아낼 수 없도록, 흉악한 거물 현상금 몬스터가 잠들어있던 호수의 바닥에 봉인되어 있었어."

흉악한 거물 현상금 몬스터.

……최근 액셀 마을 인근의 호수에 살던 거물 몬스터를 토벌했던 게 문뜩 생각났다.

"맞아. 카오룽즈 히드라라고 불리는 그 몬스터야. 그곳은 히드라에게 마력이 빨려서 물도 오염되어 있었잖아? 그런 곳에는 아무도 다가가지 않을 거라고 생각해서 거기에 신기를 봉인해둔 것 같은데……. 호수 주변이 정화되는 속도가 예상보다 빠른 바람에, 벌써부터 사람들이 그곳을 왕래하게 됐대. 그래서 신기를 봉인한 사람이 그걸 안전한 장소로 옮기려고 호수 바닥을 살펴보니—."

"아하. 이미 누군가가 가지고 간 거군요."

그리고 최근에 강력한 몬스터가 목격됐다는 정보가 돌고 있는 것이다.

게다가 외벽에 둘러싸인 마을 안이 아니라 그런 장소에 저택을 지은 것도 이상했다.

몬스터를 랜덤으로 불러낸다고 하니, 마음에 안 드는 몬스터가 나타나면 숲에 풀어놓는 걸지도 모른다.

"게다가 그 신기 말인데……. 왠지 악독한 귀족 손에 들어가는 일이 많아. 예전 소유자는 알다프라는 영주였어."

다크니스에게 집착했고 지금은 행방불명된 사람이다.

"그런 위험한 신기는 왕가의 일원으로서 방치해둘 수 없어요. 두목님, 그 집으로 향하죠!"

"저기, 이리스 양. 방금 왕가의 일원으로서 방치해둘 수 없다고 말하지 않았어?"

"그런 말 안 했어요."

융융이 진지한 표정으로 그렇게 묻자 아이리스는 살금살금 뒷걸음질을 쳤다.

바로 그때, 소파에 앉아서 차를 홀짝이고 있던 세실리가 입을 열었다.

"쓸모 있겠어……. 그 신기, 여러모로 쓸모가 있겠네. 몬스터를 불러내서 날뛰게 한 다음, 아쿠시즈 교도가 바람같이 나타나 몬스터를 처리하는 거야. 그렇게만 해도 입교자들이

곱절로 늘어날 거야!"

오호라, 그런 식으로 악용할 수도 있는 건가.

저 신기를 방치해두면 안 될 이유가 늘어났다.

아니, 이건 꽤 심각한 문제 아닐까?

사태의 규모가 너무 크다고 할까, 우리에게 벅찰 것 같다고 할까, 이미 어마어마한 사건의 전조 같았다.

하지만—.

"그러고 보니 위험한 신기의 회수는 은발도적단의 목적 중 하나예요. 우선, 그 집에 가보도록 하죠!"

—그곳은 새로 지어서 얼룩 하나 없는 조그마한 저택이었다.

몬스터 대책인지 저택 외곽에는 튼튼한 철책이 둘러싸고 있으며 그 안에도 다양한 함정이 설치되어 있었다.

그 정도는 예상했지만—.

"일이 커진 것 같네요."

"저기, 지금은 그런 소리를 할 때가 아니잖아?! 빨리 구하러 가자!"

우리가 습격할 예정이었던 그 저택은 현재 수많은 몬스터에게 습격을 당하고 있었다.

"아차~. 신기로 사역할 수 없는 몬스터를 불러낸 걸까? 그래도 몬스터 무리에게 습격을 당하는 건 이상하네."

옆에 있던 크리스가 상황을 관찰하고 있을 때 아이리스는 칼을 뽑아들더니—.

"아무튼 빨리 도우러 가는 편이 좋지 않을까요? 경비를 서는 분들만으로는 벅찰 것 같은데요……."

—하고 말하면서 내 지시를 구했다.

보아하니 경비들은 철책 안쪽에서 창과 활을 이용해 몬스터들과 싸우고 있었다.

하지만—.

"아냐, 이 언니에게 생각이 있어. 지금은 방치해두는 편이 나아!"

세실리는 느닷없이 그렇게 말했다.

"그래, 도적단으로서는 좀 더 지켜보는 편이 나을 거야. 진짜로 신기를 가지고 있다면 몬스터를 사역하기 위해 그걸 꺼내올 테니까 말이야."

크리스도 그렇게 말하며 세실리의 의견에 동의했다.

"에리스 교도답지 않게 나와 의견이 잘 맞네! 이대로 계속 방치해둬서 경비들이 위기에 처했을 때, 우리 힘으로 구해줄 수 있으면 나서서 생색을 내는 거야! 그러면 몬스터의 숫자도 지금보다 줄었을 테니까 좀 더 편하게 구해줄 수 있을 거라구!"

"나는 그런 뜻으로 한 말이 아냐! 도적단으로서 목적을 달성하기 위해, 신기의 유무를 확인하려면 그 편이 나을 거라는 뜻으로 한 말인데……!"

크리스가 당황하자 세실리는 고개를 계속 끄덕이며 말을 이었다.

"그리고 구해준 대가로 그 신기를 내놓으라고 하는 거구나. 역시 에리스 교도답게 악랄한 작전을 세우네! 하지만 나는 마음에 들어!"

"아아아, 아냐……! 나는 저 사람들이 위험에 처할 때까지 두고 보기만 하자고는 한 마디도……!"

크리스의 말은 충분히 이해가 됐다.

확실히 신기라는 것을 가지고 있다면 위기에 처했을 때 사용할 것이다.

일부러 위험을 감수하면서까지 귀족의 저택에 침입해서 소재를 파악할 수고를 덜 수 있다.

"크리스가 이렇게 냉혹한 사람인 줄은 몰랐지만, 확실히 나쁘지 않은 방법이라고 생각해요."

"메구밍까지 그런 소리를 하는 거야?! 아냐! 둘 다 내 말 좀 들어봐!"

하지만—.

"내가 이럴 줄 알고, 이딴 곳에서 살지 말자고 했던 거야!"

"이제 와서 그딴 소리 해봤자 무슨 소용이 있냐고! 아가씨가 제멋대로인 건 어제오늘 일이 아니잖아!"

철책 안에 있는 경비들의 목소리가 들리자, 융융과 아이리스는 난처한 표정을 지으며 나를 쳐다보았다.

"아가씨는 어디 계시지?! 하다못해 아가씨만이라도 피신시켜야 해……!"

"아까부터 모습이 보이지 않아! 그래서 도망치지도 못하고 있는 거라고!"

그리고 그런 말이 들려오자—.

"저렇게 많은 숫자의 몬스터를 상대하다 보면, 아무리 저희라도 부상을 당할 거예요."

"메구밍……."

나는 낮은 목소리로 그렇게 말했고 융융이 작은 목소리로 내 이름을 입에 담았다.

하지만 나는 저택을 공격하는 몬스터한테서 눈을 떼지 않은 채 차분한 목소리로 말을 이었다.

"그리고 저는 도적단의 우두머리이기에, 단원들이 위험에 처하는 걸 막아야 하는 책임을 짊어지고 있어요. 당신도 지능이 뛰어난 홍마족이니, 이대로 방치해두는 게 현명하다는 건 이해할 거예요."

융융도 이해하고 있는지 아무 말 없이 고개를 푹 숙였다.

옆에 서있던 아이리스는 검을 뽑아든 채 저택과 나를 몇 번이나 번갈아 쳐다보고 있었다.

나는 그런 두 사람에게서 돌아서며 한 걸음 앞으로 내디뎠다.

"하지만 저는 도적단의 두목이기 이전에 모험가예요. 언젠가 마왕을 쓰러뜨릴 예정인 제가, 몬스터가 사람들을 공격하는 걸 지켜보고 있을 수는 없죠."

내가 그렇게 말하면서 지팡이를 치켜들자 내 뒤편에서 웃음소리가 들려왔다.

"그래. 메구밍은 도적단 같은 것보다 모험가가 더 어울려."

칭찬으로 들리지는 않지만 그래도 왠지 기쁜 어조로 크리스가 한 말을 들으면서, 나는 영창을 시작했다.

동경하는 그 사람들처럼 되고 싶었지만 이렇게 되면 어쩔 수 없다.

몬스터가 사람들을 공격하는 걸 그냥 지켜보기만 하는 건, 나에게는 무리다.

"메구밍, 살아남은 몬스터는 나한테 맡겨. 내가 전부 해치워버릴게!"

주문을 영창하는 내 오른편에 선 융융이 밝은 목소리로 그렇게 말하며 지팡이를 고쳐들었다.

내 공격을 맞고 살아남은 몬스터가 있을 거라고 생각하다니 배짱 한 번 좋군.

"마법을 날리면 몬스터들이 저희를 발견할 거예요. 이쪽으로 다가오는 상대는 저한테 맡겨주세요! 오늘은 제가 두 목님을 지키는 방패가 되겠어요!"

이 애야말로 가장 보호받아야 하는 입장일텐데, 아이리스는 그런 내 생각을 아는지 모르는지 내 왼편에서 검을 치켜들었다.

“그럼 언니는 뒤편에서 응원하고 있을게! 다친 애는 내가 성심성의를 다해 치료해줄 테니까 바로 말해!”

세실리가 이런 상황에서도 평소와 다름없자 다들 표정이 누그러들었다.

크리스는 내 등 뒤를 지키려는 듯 단검을 뽑아들고 입을 열었다.

“그럼 나도 때로는 힘 좀 내볼까. 도적이 얼마나 강한지 보여줄게. 메구밍, 시작하자!”

본격적으로 도적단을 운영하는 것은 나중이라도 괜찮을지 모른다.

예를 들자면 마왕을 해치워서 이 세상을 평화롭게 만든 후에 말이다.

“자, 선공은 너한테 양보할 테니까, 두목의 실력을 보여달라구.”

융융이 그런 도발적인 말을 입에 담은 순간—.

“『익스플로전』—!!!!!!”

나는 전력을 다해 마법을 펼쳤다—!

8

걸을 수 있을 만큼 마력이 회복된 내가 털레털레 저택으로 돌아가 보니—.

"어서 와~! 저기, 메구밍! 내 말 좀 들어봐! 오늘 저녁 식사는 바로 마블링 홍게야! 이 저택에 갓 이사왔을 때가 생각나네!"

나를 마중한 아쿠아는 환한 미소를 지으면서 들고 있던 집게발을 까딱거리며 그렇게 말했다.

"오늘 저녁은 엄청 호화롭네요. 제 평생에 두 번이나 마블링 홍게를 먹게 될 줄은 꿈에도 몰랐어요."

나는 마력이 바닥나는 바람에 노곤한 몸을 질질 끌면서 소파에 털썩 드러누웠다.

"오늘은 평소보다 더 피곤해 보이네. 여기서도 폭음이 들렸어. 기합이 잔뜩 들어간 것 같던걸? 눈으로 직접 보지는 않았지만, 오늘 폭렬마법은 95점을 주지."

테이블 앞에 앉아있던 카즈마는 안절부절 못하며 그런 말을 했다.

"그런데 메구밍. 너, 오늘은 표정이 개운해 보이는구나. 혹시 좋은 일이라도 있었느냐?"

다크니스는 뜨거운 냄비를 테이블 위에 내려놓더니 상냥한 표정을 짓고 나에게 물었다.

"오늘, 제가 가장 하고 싶은 게 뭔지 확실히 알았거든요. 아마 그래서 기분이 좋은 거겠죠."

"폭렬마법을 쓰는 것 이외에도 네가 하고 싶은 일이 있는 거야?"

카즈마는 괜한 한 마디로 뜨겁게 달아오른 내 마음에 찬물을 끼얹었다.

내가 폭렬마법 뿐인 여자라는 생각을 버려줬으면 좋겠는데 말이다.

오늘도 동료들을 이끌고 귀족의 저택에 갔더니, 그 저택의 사람들이 몬스터에게 습격을 당하고 있어서 그들을 구하기 위해 폭렬마법을 날렸—.

"……어? 저, 오늘은 폭렬마법을 날린 것 이외에는 딱히 한 게 없네요?"

"갑자기 무슨 소리를 하는 거야? 그리고 이제 와서 무슨 소리를 하는 거야? 너는 항상 폭렬마법을 날리기만 하잖아? 애초에 너한테서 폭렬마법을 빼면, 남는 건 로리 성분뿐이라고."

내가 의문에 사로잡혀 있을 때 카즈마는 술을 잔에 따르면서 하필이면 로리라는 단어를 입에 담았다.

"그럼 저한테 툭하면 성희롱을 하는 카즈마는 로리콤이군요. 모험가 길드에 가서 로리마라는 이름을 널리 퍼뜨려야겠어요."

"나, 나까지 끌어들여서 자폭하지 마. 그랬다간 너한테도 로리라는 별명이 정식으로 붙을 거라고."

우리가 그런 소리를 하는 가운데, 아쿠아가 화로를 테이블에 놓더니 홍게를 굽기 시작했다.

"정말, 둘 다 홍게 앞에서 싸우지 좀 말아줄래? 나처럼 온화하고 차분하게 살 수는 없는 거야?"

"너는 아까 다크니스의 아버지한테 홍게를 받았을 때, 너무 기뻐서 방방 뛰다가 소파에 발을 찧고 엉엉 울었잖아."

식사를 하기 전에 손을 씻으러 가야겠다고 생각하고 있을 때, 테이블에 냄비를 내려놓은 다크니스가 내 곁으로 와서 부축을 했다.

"무슨 일이 있었던 건지는 모르겠지만, 오늘은 정말 기분이 좋아 보이는걸. 식사를 하면서 무슨 일이 있었는지 말해주지 않겠느냐? 메구밍은 요즘 들어 정말 즐거워 보이는 구나."

다크니스를 그렇게 말하더니 나를 향해 미소 지었다.

—아까 구해줬던 귀족은 한 마디로 말해 최악이었다.

우리가 몬스터를 쓰러뜨린 후, 혼자서 저택 밖으로 도망친 그 귀족이 나타났다. 우리와 비슷한 또래의 아가씨였다.

그녀는 우리가 답례를 요구한 적도 없는데 느닷없이 자기가 도와달라고 한 적이 없다는 소리를 우리에게 했다.

마력이 바닥나서 움직이지 못하는 상태가 아니었다면 그

대로 달려들었을 것이다.

왜 그 귀족의 저택이 몬스터에게 습격을 당한 것일까.

애초에 왜 그런 장소에 집을 지은 것일까.

아직 의문은 남아 있지만 크리스가 그런 것들은 언젠가 밝혀질 거라고 말했다.

그리고 은발도적단도 저 귀족의 저택을 노리고 있는 것 같다.

어째서 크리스가 그런 걸 알고 있는 건지 신경 쓰였지만 아마 도적들의 정보망을 통해서 안 것이리라.

"다크니스, 말 한 번 잘했어. 실은 나도 메구밍이 요즘 뭘 하는지 궁금했거든. 또 이상한 짓을 벌인 건 아닌가 싶어서 말이야."

카즈마는 서서히 익어가는 게한테서 눈을 떼지 못한 채 그렇게 말했다.

"나는 알아. 세실리한테 들었거든. 미소녀의 육즙을 모아서 그걸로 돈을 버는 방법을 찾았다고 했어."

카즈마와 다크니스가 음란한 장사라도 시작한 건 아니냐고 묻는 시선으로 나를 쳐다봤고—.

"여러분한테는 제가 뭘 하고 다녔는지 가르쳐줄게요. 딱히 음란한 짓을 하는 건 아니에요. ……진짜예요. 진짜라고요! 그러니까 그런 눈빛으로 나를 쳐다보지 마라!"

나는 허둥지둥 변명을 늘어놓으면서 오늘 있었던 일을 떠올렸다.

정말 어이없는 결과이고 다소 분하기도 하지만, 내가 동경하는 사람들이 우리를 대신해 복수를 해준다면 그것도 괜찮을 것 같았다.

하지만, 가능하다면—.

"불꽃놀이가 개최된 날 밤에 있었던 일이에요. 경찰한테서 풀려난 저는 혼자서 저택으로 돌아가다가—."

언젠가 내가 동경하는 그 사람들을, 한 번 더 만날 수 있기를…….

최종화
역습하는 도적단

1

그것은 우리가 옆 나라인 엘로드에 가서 이런저런 일을 겪고 액셀로 돌아온 후, 어느 정도 시간이 흘렀을 즈음의 일이다.

"여기가 도넬리 가문의 저택이구나. 왜 이렇게 외진 곳에 지은 건지는 모르겠지만 꽤 멋진 집인걸."

우리는 액셀 마을 인근의 숲속에 있는 도넬리 일족이라는 귀족의 집에 와 있었다.

내가 저택을 올려다보며 그렇게 중얼거리자 상대가 귀족이라 정장을 차려입은 다크니스가 고개를 끄덕이며 이렇게 말했다.

"도넬리 가문은 옛날부터 장사에 힘을 쏟아온 귀족이다. 가문의 격은 낮지만 자금 면에서는 우리 가문을 능가할 정도의 일족이지. 하지만 이 가문의 당주인 여성은 마음에 들지 않는다. 있는 거라고는 돈 뿐인 졸부 주제에, 사교계에서 나와 마주치면 말끝마다 우리 가문은 돈이 없는 가난뱅이 귀족이라고 폄하해대지! 카즈마, 이 의뢰에는 숨겨진 의도가 있을지도 모르니 조심해라."

사이가 나쁜 듯한 다크니스가 분노를 터뜨리는 가운데, 드레스 차림으로 그녀의 옆에 앉아있던 아쿠아 또한 언성을 높였다.

"나, 도넬리 가문을 알아! 용돈이 없어서 이 가문이 경영하는 금융업자에게 돈을 빌리려고 했는데, 아쿠시즈 교도에게는 돈을 빌려주지 않는다며 나를 쫓아냈어!"

"너, 내가 안 보는 사이에 그런 짓도 했던 거냐. ……하아, 엘로드에서 나한테 수면제를 먹인 다음 정조를 빼앗으려고 한 다크니스도 그렇고, 너도 그렇고, 요즘 얌전히 지내는 메구밍을 좀 본받으라고."

"윽?!"

메구밍은 내 말을 듣더니 온몸을 부르르 떨었다.

"……어이. 너, 최근에 또 사고 쳤지?"

"그런 적 없어요."

메구밍은 고개를 돌리면서 딱 잘라 그렇게 말했지만 나는 이 녀석이 나 몰래 사고를 쳤다고 확신했다.

"카, 카즈마……. 수면제를 먹이려고 한 건 사과할 테니, 그 일은 이제 그만 잊어주지 않겠느냐……? 저기, 그건 우리 둘 모두에게 있어서 부끄러울 뿐만 아니라 불명예스러운 일이지 않느냐. 그렇지? 나, 나중에 집에 돌아가서 맛있는 와인을 대접할 테니까……."

"저기, 카즈마! 이 가문과 얽히면 안 돼! 그냥 의뢰를 거절하자! 아쿠시즈 교도를 싫어하는 가문이 제대로 된 곳일 리가 없어!"

나는 시끄럽게 떠들어대는 두 사람을 무시하고 저택의 문에 노크를 했다.

—나한테 편지가 왔다.

그 편지에는 액셀 마을에서 가장 고명한 모험가인 나에게 어떤 의뢰를 하고 싶다고 적혀 있었다.

옆 나라인 엘로드에서 또다시 전설을 만든 나에게 매달리고 싶은 심정은 이해한다.

하지만 나 또한 마왕군과의 격전에 대비해 매일 같이 무기를 손질하고, 몸을 단련하느라 바쁜 몸이다.

그런 의뢰는 거절해왔지만 이 의뢰를 한 사람은 바로 귀족이었다.

나는 이미 다방면으로 연줄이 있지만 권력의 위대함을 알기에 새로운 연줄을 만드는 것도 나쁘지 않겠다고 생각했다.

그렇게 생각하며 의뢰를 받아들였지만—.

"만나서 반가워요. 저는 도넬리 가문의 당주인 카렌이라고 해요."

안내된 응접실에서 우리에게 인사를 건넨 사람은 나보다 아주 조금 나이가 많아 보이는 붉은 머리카락의 소녀였다.

키는 나와 비슷할 정도로 크고 늘씬한 모델 체형을 지닌 미녀였다.

"당신이 사토 카즈마 님이죠? 우리 가문의 의뢰를 받아주셔서 감사……."

카렌이라는 이름의 여성은 우리 쪽을 쳐다보더니 그대로 굳어버렸다.

아니, 정확하게 말하자면 내 등 뒤에 숨듯이 서 있는 메구밍을 보고 굳었다.

"……죄송하지만, 잠시만 기다려 주십시오."

"아, 예……. 그건 괜찮습니다만……."

나는 아직도 내 뒤편에서 몸을 웅크리고 있는 메구밍의 목덜미를 움켜쥔 후 응접실 밖의 복도로 나갔다.

"너, 저 카렌이라는 사람과 무슨 일 있었던 거지? 빨리 말해."

"무슨 소리를 하는 거죠? 저 분과는 초면이고 아무 일도 없었…… 알았어요. 말할 테니까 드레인 터치를 쓰지 마세요! 그걸 당하면 오늘은 폭렬마법을 쓸 수 없단 말이에요!"

이 저택에 도착했을 때부터 어딘가 이상해 보였던 메구밍은 내가 내민 오른손을 경계하며 입을 열었다.

"……실은 일전에 이 저택이 몬스터에게 습격을 당하고 있을 때, 제 동료들과 함께 이 저택 사람들을 구해준 적이 있어요."

메구밍이 왜 이 숲속에 있었던 건지는 모르겠지만 이야기를 들어보니 딱히 숨길만한 일은 아니었다.

"뭐야. 몬스터를 해치우면서 폭렬마법으로 저택 일부를 파괴하거나, 몬스터와 함께 경비들도 한꺼번에 쓸어버린 건 줄 알았다고."

"아, 그런 일은 딱히 없었지만……."

그런데도 메구밍이 말끝을 흐리자―.

"찔리는 구석이 없다면 당당하게 행동하면 되잖아. 혹시 우리 몰래 몬스터를 토벌한 걸 신경 쓰는 거야? 걱정은 되지만 듣자하니 네 동료들도 약하지는 않은 거지?"

"예. 꽤 강한 말단 부하와, 친구가 없는 홍마족, 그리고 아쿠시즈교의 프리스트와 도적이에요."

파티 구성이 좀 이상하지만 친구가 없는 홍마족이라면 융융일 것이다. 그리고 그 애가 함께 다닌다면 딱히 걱정할 필요는 없으리라.

"그럼 문제될 게 없네. 경험치를 쌓는 것도 중요하니까, 나도 한가할 때는 같이 가줄게."

"카즈마는 항상 한가하잖아요. 뭐, 같이 가준다면 카즈마도 동료로 받아줄게요. 아마 깜짝 놀랄걸요?"

잘은 모르겠지만 왠지 즐거울 것 같았다.

나는 메구밍을 데리고 다시 응접실 안으로 들어갔―.

"사과해! 아쿠시즈 교도에게는 돈을 빌려주지 않는다며 쫓아낸 걸, 나한테 사과하란 말이야!"

"죄, 죄송합니다. 저기, 종업원을 대신해, 제가 사과드리겠습니다……."

카렌에게 사과를 받아내고 있는 아쿠아와, 옆에서 새빨개진 얼굴을 양손으로 가리고 있는 다크니스를 보고 그냥 확 이대로 돌아가고 싶어졌다.

2

"—저택 주위를 돌아다니는 몬스터들을 퇴치해달라고요?"

"예. 이 마을에서도 명성이 높은 사토 님의 파티라면 마음 놓고 의뢰를 드릴 수 있을 것 같아서……."

불같이 화를 내던 아쿠아를 차와 과자를 줘서 진정시킨 후, 나는 다시 의뢰에 대한 설명을 들었다.

"그건 과찬이십니다만, 그래도 의뢰에 비해 보수가 거액이군요. 그만큼 저희를 높이 사주는 거라 여겨도 될까요?"

"어이, 너란 남자는 겸손과는 담이라도 쌓은 것이냐? 그리고 아까 내가 말했지 않느냐. 이 의뢰에는 숨겨진 의도가 있을지도 모르니 조심하라고 말이다."

내가 진지한 표정으로 이야기를 듣고 있을 때 다크니스가 내 복부에 팔꿈치를 꽂으면서 그렇게 속삭였다.

그래도 우리의 공적을 생각하면 지금까지의 평가가 부당하고, 이 정도 대접은 받을 자격이 있다고 생각하는데…….

내가 약간 의기양양한 표정을 지으며 그런 생각을 하고

있을 때 카렌이 내 손을 두 손으로 꼭 움켜쥐고 이렇게 말했다.

“물론이죠, 사토 님. 당신의 이름은 예전부터 들어왔답니다. 다양한 스킬과 뛰어난 기지로 수많은 마왕군 간부를 농락해온 사토 님. 또한 당신의 동료 분들도 하나같이 아크 프리스트와 아크 위저드 같은 상급 직업이라고 들었어요……!”

“뭐, 전부 맞는 말이죠. 제가 없었다면 지금쯤 이 마을은 존재하지 않을지도 모르지요…….”

카렌은 내 손을 움켜쥔 채 나를 올려다보며 그렇게 말했고, 나는 좀 부끄럽다는 생각이 들었지만 더욱 가슴을 펴며 의기양양해 했다.

그런 나를 어이없다는 표정으로 쳐다보던 다크니스가—.

“……어이, 카즈마의 파티에는 나도 소속되어 있다.”

—하고 말하면서 가라앉은 눈빛으로 쳐다보았다.

“어머, 호의를 품고 있는 남성분을 빼앗기지 않으려고 따라왔을 뿐인가 했더니……. 더스티네스 님이 모험가 흉내를 내고 있다는 소문은 사실이었군요. 자랑할 거라고는 가문의 격 뿐인 가난한 귀족은 여러모로 고생이 많군요.”

카렌은 내 손을 슬며시 놓더니 다크니스를 비웃듯 그렇게 말했다.

“호오, 재미있는 소리를 하는 구나. 역시 돈으로 귀족이 된 사람답게 예의와 조신함을 모르는 것이냐. 돈을 위해서라면 몸이라도 파는 격도 없고 책임도 없는 졸부와 다르게, 이 나라에서 유력한 가문인 더스티네스 가에서는 귀족으로서의 의무를 짊어지고 있다. 그래서 이렇게 직접 서민들의 방패가 되고 있는 것이지."

방금까지만 해도 몸을 웅크린 채 내 복부에 팔꿈치를 날려대던 다크니스는, 천천히 몸을 펴더니 우아함과 위엄이 느껴지는 미소를 지었다.

……우와, 왠지 무섭네.

"어머나, 그러셨군요. 그 귀족의 의무라는 것 때문에, 사교계에서 항상 같은 드레스를 입어야 할 만큼 궁핍한 처지가 되신 거군요. 정말 감동적이에요. 제가 입었던 드레스라도 괜찮다면 몇 벌 챙겨드릴까 하는데, 어떠신가요?"

눈이 전혀 웃고 있지 않은 카렌이 그렇게 말하자, 다크니스는 입가를 부르르 떨면서 이렇게 말했다.

"역시 드레스를 한 번 입고 버리는 가문은 체형뿐만 아니라 마음도 두둑하구나. 하지만 나는 돈이 없는 게 아니라, 어머니께서 입으시던 드레스를 즐겨 입는 것뿐이니 신경 쓰지 마라. 게다가……."

다크니스는 잠시 말을 멈추고 팔짱을 낀 손으로 가슴을 받쳐 올리면서 이렇게 말했다.

"귀공이 입던 드레스라면……. 가슴 부분이 들어가지 않을 테니까 말이다."

그 말이 들린 순간, 비유가 아니라 진짜로 이 공간의 공기가 딱딱하게 굳은 느낌이 들었다.

……우와, 진짜로 무섭네.

그냥 확 돌아가고 싶다.

바로 그때 카렌이 테이블을 내려치면서 벌떡 일어섰다.

"한 번 더 말해볼래? 자랑거리라고는 몸뚱이 뿐인 더스티네스! 남성분들은 나처럼 슬렌더한 타입을 좋아한다구!!"

"호오, 내가 때때로 사교계에 모습을 드러낼 때마다 귀공보다 나한테 남성들의 시선이 더 모이는 것 같던데, 그건 내 착각인 것이냐? 가슴이 커질 때마다 드레스를 수선하느라 정말 큰일이지. 도넬리 님도 그런 이유로 매번 드레스를 새로 장만하는 것일 테지?"

다크니스도 카렌과 마찬가지로 자리에서 일어나더니 팔짱을 낀 팔로 가슴을 강조하듯 받쳐 올리며 이렇게 말했다.

"아아, 무겁구나……. 모험가 생활을 하면서 몸을 단련하지 않았다면 무거워서 떠받치지도 못했겠지."

"이, 이 여자가 정말!"

카렌은 이를 갈면서 다크니스를 노려봤지만 당사자는 난처하다는 듯 미간을 찌푸리고 이렇게 말했다.

"도넬리 님은 이걸 부러워하는 것 같다만 크다고 꼭 좋은 건 아니다. 무거워서 어깨가 결리는데다, 입을 수 있는 옷도 얼마 안 되지. 갑옷도 따로 맞춰서 주문해야 하고 보다시피

남자들의 시선이……. 카, 카즈마, 쳐다볼 거라고 생각은 했다만 정말 뚫어져라 쳐다보는구나……."

내가 다크니스의 팔 위에 놓인 그것을 주시하자 그녀는 뒷걸음질을 쳤다.

"아얏?! 뭐, 뭐하는 것이냐. 나는 딱히 메구밍을 도발하는 게……! 내가 잘못했으니까, 머리카락을 잡아당기지 마라!"

그리고 어찌된 영문인지 메구밍에게 머리채를 잡힌 다크니스의 모습을 보고 화가 좀 풀린 카렌은 가볍게 한숨을 내쉰 후—.

"으, 으음……. 그럼 이 의뢰를 받아주시겠어요?"

어색한 미소를 지으며 나에게 그렇게 말했다.

3

다음 날.

의뢰를 받아들이기로 한 우리는 장비를 갖추고 다시 이 저택을 찾았다.

저택 주변에 느닷없이 나타나는 강한 몬스터들의 제거.

그것이 우리가 이번에 맡은 의뢰지만—.

"그런데 왜 하필 이런 곳에 강한 몬스터가 출몰하는 걸까? 뭔가 맛있는 미끼 같은 게 이 근처에서 자라는 걸지도 몰라. 나, 왠지 불길한 예감이 들어서 그러는데, 오늘은 이만 돌아가고 다른 날에 하자. 응?"

우리는 몬스터를 찾기 위해 저택 주위를 돌아보고 있었다.

"너, 비오는 날에 저녁 찬거리를 사오라고 시켰더니, 그때도 불길한 예감이 들어서 밖에 나가기 싫대놓고 집에서 게임을 했지? 그것보다, 몬스터는 간단히 서식환경을 바꾸는 거야? 의뢰를 받아들이기는 했지만, 토벌 대상이 저택 주변에서 출몰하는 강한 몬스터라는 건 너무 막연한 것 같은데……. 상대가 언데드라면 유인하기 딱 좋은 미끼가 있지만……."

"저기, 혹시나 해서 묻는 건데 그 미끼가 나는 아니지?"

아쿠아가 내 소매를 계속 잡아당겼지만 대답할 필요도 없는 질문이기에 그냥 무시했다.

하지만—.

"그건 그렇고, 네가 그런 소리를 할 줄은 몰랐어. 정숙한 귀족 영애라는 직함이 드디어 떨어져나갔네. 뭐? 「나한테 남성들의 시선이 더 모이는 것 같던데」? 너, 사교계에서 그런 시선을 받는 걸 즐겼던 거구나."

"아, 아니다……! 그런 게 아니란 말이다! 사교계에서는 그런 시선을 이용해 귀족들이 신경전을 벌이기도……."

내 말을 듣고 당황한 다크니스가 허둥지둥 그렇게 말하자—.

"그렇군요. 그러고 보니 아까처럼 자신의 가슴을 이용해 도발적인 행동을 취하는 다크니스는 한 번도 본 적이 없어요. 저희가 몰랐을 뿐, 그런 짓도 할 줄 알았군요. 뭐라고 했더라? 「아아, 무겁구나……. 모험가 생활을 하면서 몸을 단련하지 않았다면, 무거워서 떠받치지도 못했겠지」였나요? 엄청 자신만만한 표정으로 그런 말을 했잖아요."

메구밍은 그런 말로 몰아붙였고 다크니스는 얼굴을 새빨갛게 붉히면서 걸음을 재촉했다.

다크니스가 허리에 차고 있던 검을 뽑아들더니 화풀이를 하듯 수풀을 베고 있을 때였다.

"어? 잠깐만 있어봐."

내 위기 감지 스킬이 미세한 기척을 감지해서 다크니스의 망토를 잡아당긴 바로 그 순간이었다.

"왜 그러느냐, 카즈마. 나를 더 모욕할 심산이라면 더는 참지……."

다크니스가 그렇게 말하며 휘두른 대검이 키잉 하는 맑은 소리를 내면서 허공을 갈랐다.

만약 다크니스가 계속 나아갔다면 지금쯤 그녀 본인이 방금 대검이 위치했던 장소에 있었을 것이다.

그 사실을 눈치챈 다크니스가 부러진 검을 버리고 우리를 감싸듯 양손을 펼쳤다.

하지만 눈앞의 수풀에서는 뭔가가 숨어있는 기척이 느껴지지 않았다.

이럴 때는—.

"위쪽이야! 다들 조심해!"

나는 머리 위를 재빨리 쳐다보면서 다크니스의 등을 밀쳤다!

—정신을 차리고 보니, 나는 예전에 몇 번이나 와봤던 새하얀 방에 있었다.

그리고 내 눈앞에는 난처한 표정을 지은 채 뭔가 할 말이 있는 듯한 에리스가 서 있었다.

"저기……."

"……죄송한데 지금은 아무 말도 하지 말아줄래요?"

나는 그 자리에서 주저앉고 얼굴을 가리듯 무릎을 끌어안았다.

진지한 표정으로 적이 위쪽에 있다고 외친 순간을 떠올렸더니 너무 부끄러워서 죽어버리고 싶어졌다.

……뭐, 진짜로 죽었지만 말이다.

"아까 같은 상황에서는 보통 적이 위쪽에 있다고……."

하지만 머리 위를 올려다보니 아무것도 없었다.

앞에도 적이 없었고 좌우도 마찬가지였다.

그렇다면—.

"땅 밑에서 튀어나와? 너무하잖아. 나는 역시 이 세계가 정말 싫어……."

느닷없이 지면에서 튀어나온 개미귀신처럼 생긴 몬스터를

본 내가 다크니스를 밀쳐낸 순간—.

"……에리스 님. 혹시 웃음을 참고 있는 거예요? 참지 않아도 돼요."

"그렇지 않아요! 웃음을 참는 게 아니니까, 걱정하지 마세요! 방금 목숨을 잃은 분 앞에서 그렇게 신중하지 못한 행동을 할 리가 없잖아요!"

큰 목소리로 동료들에게 경고를 해놓고 다른 방향에서 달려든 적에게 당해버리다니, 너무 부끄럽다.

에리스는 진지한 표정을 유지한 채 어깨를 부들부들 떤다고 하는 절묘한 행동을 취하고 있었다.

"뭐, 좋아요……. 그런데 왜 액셀 마을 근처에 그런 몬스터가 있는 거죠? 저도 꽤 레벨이 올랐는데, 한 방에 죽어버렸다고요."

에리스는 내 말을 듣더니 그대로 움직임을 멈췄다.

"그게 말이죠……. 카즈마 씨, 혹시 시간이 있으신가요?"

그리고 진지한 표정으로 나를 쳐다보며 그렇게 말했다.

"시간이야 항상 있긴 해요. 혹시 저를 덮치려고요? 지금 이 자리에서 덮쳐도 돼요."

"아니에요! 신기를 찾는 걸 도와달라는 것뿐이에요! 신을 놀려대다간 천벌을 받을 거예요!"

뭐야. 또 그거구나.

“그것도 괜찮지만……. 어, 혹시 이번 일은 신기와 얽혀 있는 건가요?”

내가 약간 실망한 어조로 그렇게 말하자 에리스는 천천히 고개를 저었다.

“아뇨. 아직 몰라요. ……하지만 좀 우려되는 일이 벌어졌어요.”

—그것은 원래 알다프라는 영주가 가지고 있던 신기다.

랜덤으로 불러낸 몬스터를 사역할 수 있는 아이템이며, 크리스는 그것을 회수해서 호수 밑바닥에 봉인했다고 했는데…….

“카오룽즈 히드라가 살던 호수 인근의 대지는 마력을 잃었으니 당분간 사람들이 살 수 없을 거라고 생각했는데……. 어찌된 건지 예상보다 마력이 회복되는 속도와 주위가 정화되는 속도가 빨라서, 주민들이 벌써부터 개척을 시작했어요. 그래서 마을 사람들이 신기를 발견하기 전에 다른 곳으로 옮기려고 호수 밑바닥을 살펴봤더니…….”

“이미 누군가가 가져가서 없었다는 거군요.”

“예…….”

평소 상냥한 미소나 진지한 표정만 짓던 에리스가 풀이 죽은 반응을 보이고 있었다.

이제 이해가 됐다. 이런 상황에서 강한 몬스터들이 출몰하는 소동이 벌어진 것이다.

카렌이라는 이름의 저 귀족은 돈이 많다고 들었으니 그 돈으로 신기를 손에 넣었을 가능성이 컸다.

마을에서 떨어진 곳에 있는 숲에 저택을 짓고 뽑기 게임을 하듯 몬스터를 불러냈다가, 꽝이 나오면 그냥 저택 밖에 풀어놓는 것이다.

……신기가 사라진 시기와 카렌이 숲속에 저택을 세운 시기가 맞지 않는 느낌도 들지만 이곳은 마법이 존재하는 이 세계다.

엘로드로 가는 길에 다크니스가 사용했던, 인스턴트식품처럼 간단히 만들어지는 마법의 저택을 이용한 걸지도 모른다.

잉여신이라면 몰라도 에리스가 실수를 범한 게 믿기지 않지만 그녀는 이 세계에서 내가 유일하게 존경하고 동경하는 두목이다.

"좋아요. 즉, 그 카렌이라는 사람의 집에 신기가 있는지 없는지 조사하면 되는 거죠? 도와드릴게요."

내가 바로 승낙을 하자 에리스의 표정이 밝아졌다.

그리고 에리스는 재미있는 장난이 생각난 어린애 같은 표정을 짓더니—.

"오늘 밤에는 카즈마 씨 이외에도 도우미를 한 명 더 데려갈 생각이에요. 그게 누구인지는…… 비밀이랍니다."

—하고 말하면서 검지를 입술에 살며시 댔다.

4

"—위쪽이야! 다들 조심해! ……라는 유명한 대사를 외치면서 아래쪽에서 나타난 몬스터에게 당해버린 카즈마 씨, 어서 오세요!"

소생한 나를 보자마자 환한 미소를 지어대며 이딴 소리를 내뱉는 만년 실수 연발 여신을 확 때려주고 싶어졌다.

아쿠아의 무릎을 베고 누워있던 나는 몸을 일으키면서 주위를 둘러보았다.

"카즈마, 정신이 들었느냐. 저기, 아까…… 구해줘서 고맙다. 원래라면 내가 방패가 되었어야 하는데, 정말 미안하구나."

갑옷 곳곳이 구겨진 다크니스가 거친 숨을 내쉬면서 나에게 다가온 뒤 한쪽 무릎을 꿇었다.

주위를 둘러보니 개미귀신 같이 생겼던 그 몬스터는 날카로운 턱이 박살난 채 강력한 힘에 의해 졸린 것처럼 찌부러져 있었다.

이 멤버 중에서 그런 게 가능한 사람은—.

"나를 감싸준 건 고맙다만, 앞으로는 내 방어력을 신뢰해줬으면 좋겠구나. 다음에는……. 카, 카즈마, 왜 그런 눈으로 쳐다보는 것이냐? 대체 왜 그런 표정을 짓고 있는 거냔 말이다."

내가 약간 질린 눈빛으로 쳐다보자 다크니스는 당혹스러운 표정을 지었다.

"아니, 너는 이제 무기를 들고 다니지 않는 게 좋겠다는 생각이 들어서 말이야. 그래. 너는 전위 타입 상급 직업인 데다 레벨도 높잖아. 이제 곰 정도는 맨손으로 목을 졸라서 죽일 수 있을 것 같네."

나는 여전히 질린 표정을 지으며 그렇게 말했고 다크니스는 고함을 버럭 질렀다.

"무, 무슨 소리를 하는 것이냐, 카즈마! 아무리 나라도 단순한 힘만으로 저렇게 단단한 몬스터를 졸라 죽일 수는 없다! 네가 잔인하게 당하는 모습을 보고 열 받은 아쿠아가 어마어마하게 강력한 지원 마법을 나한테 걸어준 덕분이란 말이다!"

다크니스는 근육만 잔뜩 있는 우락부락한 여자라고 여겨지고 싶지 않은 건지 허둥대면서 그렇게 말했다.

"잔인하게 당해? 나, 이번에는 어떤 식으로 죽은 거야? 순식간에 죽어서 기억이 안 나."

"그게, 머리부터 사타구니까지 깨끗하게 두 동강……."

"듣기 싫어! 듣기 싫다고! 잠깐만 있어봐. 나, 그렇게 그로테스크한 상태였던 거야? ……앗, 그런 식으로 죽었는데 왜 옷이 멀쩡하나 했더니 딴 옷이잖아!"

어이, 잠깐만 있어봐. 누가 옷을 갈아입힌 거지?

내가 다크니스와 메구밍을 쳐다보니 두 사람 다 고개를 돌렸다.

누구야?

대체 누가 갈아입힌 거냐고…….

내가 당황하자 아쿠아는 그런 나를 향해 상냥한 미소를 지었다.

"괜찮아, 카즈마. 안심해. 나는 신성하기 그지없는 존재인 여신이잖아? 그러니 인간인 너의 알몸을 봐도 아무렇지 않아."

"시끄러워! 이럴 때만 여신다운 미소를 짓지 말라고!"

—몬스터를 한 마리밖에 해치우지 못했지만 사상자가 발생했으니 오늘은 이제 그만하기로 했다.

토벌 의뢰는 그 날 몇 마리를 해치웠는지에 따라 보수가 정해진다.

한 마리당 단가가 엄청 좋아서 이 의뢰를 받았을 때는 짭짤하다고 생각했지만—.

"겨우 한 마리만…… 해치웠다고요?"

어제와 마찬가지로 응접실에서 우리를 맞이한 카렌은 보고를 듣더니 눈을 치켜떴다.

"그래, 한 마리다. 기대에 부응하지 못해서 미안하구나.

하지만…….”

카렌은 다크니스의 말을 막더니—.

“한 마리? 그 더스티네스 님이 있는 파티가 겨우 한 마리밖에 토벌하지 못했다는 건가요?”

그녀는 비웃는 어조로 그렇게 말한 후 느닷없이 웃음을 터뜨렸다.

“아하하하하하하! 평소에 그렇게 잘난 척을 해대던 더스티네스 님이 겨우 한 마리밖에 처리하지 못한 건가요? 그것도 마왕군 간부를 해치웠다는 액셀 제일의 모험가를 데리고요?”

빈정거리는 표정으로 다크니스를 올려다보는 카렌을 보고 나는 짜증이 치솟았다. 그리고 다크니스는 벌떡 일어나며 이렇게 말했다.

“할 말이 있으면 빙빙 돌리지 말고 빨리 해봐라! 네 녀석이 나를 싫어한다는 건 알지만, 동료들까지 모욕한다면 나도 가만히 있지 않겠다!”

“할 말이라면 얼마든지 있어! 영주 대행인 너희 가문이 고리대금업에 제약을 걸어댄 바람에 요즘 들어 매상이 떨어지고 있단 말이야! 알다프 님이 영주셨을 시절에는 실컷 벌었는데! 대체 그 분은 어디 가신 거야?!”

카렌도 그런 다크니스에게 대항하듯 벌떡 일어났다.

“우리 가문에 대한 불만을 늘어놓으라고 한 적은 없다! 토벌 숫자가 한 마리에 불과하다는 것에 불만이 있으면 말해

보라고 했지 않느냐! 뭐, 좋다. 네 녀석이 그런 생각을 가지고 있다면, 나도 할 말을 다하마! 대부업도 이 세상에 필요한 일이니 돈을 빌려주지 말라는 건 아니지만, 네 녀석 쪽은 이자가 너무 높은데다 징수 방식도 악랄하다!"

"이래서 세상물정 모르는 온실 속 화초와는 말이 통하지 않는다니깐. 이자가 높아도 빌린다는 건 그 이자에 납득한 걸로 보는 게 이쪽 업계의 상식이야. 그리고 징수 방식이 악랄해? 돈을 빌릴 때는 그렇게 저자세로 나오면서, 갚을 때는 적반하장으로 난리를 치는 녀석들한테서 억지로 뜯어내는 게 뭐 어때서?! 네가 그딴 소리나 하니까 알다프 님에게 빚을 진 걸로 모자라 시집까지 간 거야! 그리고 결국 알다프 님도 네가 싫어져서 도망친 거라구!"

앗, 큰일 났다.

카렌이 해선 안 되는 말을 했다.

"이익, 하급 귀족 주제에 감히 그딴 소리를 하는 거냐! 확 죽여주마!"

"어어, 어디 할 수 있으면 해봐! 어차피 말로만 죽이니 마니……. 더스티네스? 잠깐만 있어봐. 나는 서민이 아니거든? 이유도 없이 나를 죽였다간 너도 무사하지 못할 거야!"

"너 같은 졸부 악덕 고리대금업자가 사라져봤자 이 나라와 서민들은 전혀 피해를 받지 않을 것이다! 이 세상을 위해, 백성들을 위해, 너를 제거한 후에 순순히 감옥에 들어가…… 뭐하는 거냐, 메구밍. 나를 말리지 마라. 이제부터 이 악당에게 정의의 철퇴를 내려줄 거란 말이다."

다크니스가 울상을 짓고 있는 카렌의 멱살을 잡고 그렇게 말할 때, 메구밍이 슬며시 그런 동료의 망토를 잡아당기며 입을 열었다.

"다크니스, 그쯤해요. 저희는 이번 의뢰에 실패한 거나 다름없잖아요. 방금 겨우 되살아난 카즈마를 생각해서라도, 오늘은 이만 돌아가죠."

평소 누구보다 화를 잘 내는 메구밍은 작은 목소리로 그렇게 말했다.

5

그날 밤.

우리는 약간 겁먹은 카렌에게서 몬스터 한 마리 몫의 토벌 보수를 받은 후, 저택으로 돌아와 저녁을 먹고 쉬고 있었다.

그리고 메구밍이 우리에게 해줄 말이 있다면서 시작한 이야기에 귀를 기울이던 나는―.

"미안한데, 처음부터 다시 이야기해줄래?"

"뭐, 좋아요……. 으음, 별생각 없이 도적단을 만들기는 했는데, 어느새 입단 희망자가 천 명이 넘는 규모가 되었어요. 이 마을에서 가장 큰 저택을 아지트로 삼고 뒷배를 얻었을 즈음, 슬슬 행동을 시작해야겠다고 생각하며 카렌이라는 귀족의 집을 습격하러 갔어요."

그 말을 듣고 얼어붙은 나는 마음속으로 이렇게 중얼거렸다.

이 녀석, 대체 무슨 짓을 하고 다니는 거야.

내가 그런 생각을 하는 사이, 나와 마찬가지로 얼어붙어 있던 다크니스가 당황한 눈빛을 띠면서 이렇게 말했다.

"그러고 보니 이 마을에서 가장 큰 저택이 누군가에게 넘어갔다는 이야기를 들었다만……."

그만해.

"예. 우리 도적단의 말단 부하가 자신의 권력을 은근슬쩍 과시했더니, 순순히 넘겨주더라고요."

"잠깐만, 더스티네스 가문의 힘으로도 그 저택을 양도받는 것은 힘들 거다. 어이, 메구밍. 네가 말한 그 말단 부하는 설마……."

어이, 그만해. 물어보지 마. 돌이킬 수 없게 될 거라고…….

"그러고 보니 메구밍은 엘로드로 가는 도중에 아이리스를 말단 부하라고 불렀지?"

"그만해, 아쿠아! 평소에는 머리가 전혀 안 돌아가면서, 꼭 이럴 때만 괜한 걸 묻지 마! 우리는 아무것도 못 들었고,

아무것도 몰라. 알았지?"

"뭐가 알았다는 것이냐! 어이, 메구밍. 뭐가 어떻게 된 것이냐? 그러니까 아이리스 님을 수상한 조직에 끌어들인 다음, 네가 알고 지내는 묘한 녀석들과 함께 카렌의 저택을 습격한 것이냐?!"

얼굴이 땀범벅이 된 다크니스는 금방이라도 울음을 터뜨릴 것 같은 표정으로 그렇게 말했다.

"묘한 녀석들이라니요. 세상물정 모르는 말단 부하와 친구가 없는 홍마족, 그리고 아쿠시즈교 프리스트와 도적 한 명뿐이라고요. 다른 사람들은 현재 입단을 보류해둔 상태예요."

메구밍이 방금 말한 도적은 아마 내가 아는 사람일 것이다.

왜 내 동료라는 녀석들은 하나같이 내가 눈만 뗐다하면 이렇게 어마어마한 사고를 치는 걸까.

"그리고 정확하게는 습격 계획을 세우고 그 사람의 집에 가기만 했을 뿐, 실행에 옮기지는 않았어요. 카즈마에게는 얼마 전에 이야기했죠? 그 저택의 사람들이 몬스터에게 공격을 받고 있어서 퇴치했었다고요."

나는 메구밍의 말을 듣고 아주 약간 안도했다.

뭐, 물어봐야 할 게 잔뜩 있지만…….

"그건 그렇고, 왜 그런 바보 같은 단체를 만든 거야? 너는 왜 평온한 인생을 살지 못하는 거냐고."

내가 진심어린 목소리로 그렇게 말하자, 메구밍은 어이가 없다는 표정을 지으며 대답했다.

"예전에 이야기했었잖아요. 다 같이 마블링 홍게를 또 먹었던 날의 일이에요. 다들 게를 먹어대고 있을 때, 제가 은발도적단이 얼마나 대단한 사람들인지 이야기했었어요. 그리고 그 일을 계기로 그런 단체를 만들게 됐던 거예요."

그때는 게를 먹느라 바빠서 이야기를 제대로 듣지 않았다는 것을 이제 와서 말할 수는 없었다.

"그리고 그때, 도적단을 만들었다는 이야기는 안 했어도, 액셀 마을 안에 아지트를 만들고 일을 시작했다는 건 가르쳐줬잖아요?"

"그, 그래. 그랬었……나……?"

다크니스가 저렇게 당황하는 걸 보면, 저 녀석도 게에 정신이 팔려서 메구밍의 이야기를 제대로 듣지 않은 것 같았다.

한편, 내 옆에서 태연하게 머리를 긁적이고 있던 아쿠아가 이렇게 말했다.

"미안해. 게에 정신이 팔려서 제대로 듣지 않았어."

……나와 다크니스는 이 녀석과 별반 차이가 없는 걸까.

"—그래서 너는 그 귀족을 도와준 후, 보수는 고사하고 고맙다는 말도 듣지 못한 채 쫓겨났다는 거야?"

그 귀족과 있었던 일을 메구밍에게 들은 후 나는 전체적인 상황을 정리하듯 그렇게 말했다.

"예. 카렌이라는 사람이 저를 보고 놀란 건 그때 일이 생각나서 거북했기 때문이겠죠. 저도 그냥 지나가다 도와준 게 아니라, 습격을 하러 왔다가 몬스터에게 이미 습격을 당하고 있어서 변덕 삼아 도와준 거라……."

메구밍은 거북한 표정을 지으며 몸을 움츠렸다.

"그래서 메구밍도 보수를 요구하지 않고 그대로 물러난 거구나."

"예……."

내가 그렇게 말하자 메구밍은 당시의 일이 생각난 건지 고개를 푹 숙였다.

아마 메구밍에게 돈 욕심 같은 것은 없었으리라.

하지만 단원들이 보는 앞에서 정당한 보수를 손에 넣지 못했다는 점이 마음에 걸리는 것 같았다.

……한편, 눈을 감고 이야기를 듣고 있던 다크니스는 눈을 번쩍 뜨면서 벌떡 일어섰다.

"그 졸부는 여전히 쪼잔하고 교활하구나! 나와 카즈마를 바보 취급한 건 눈감아주겠지만, 아직 어린 메구밍한테 도움을 받고 제대로 답례도 하지 않고 쫓아내?! 절대 용서 못 한다!"

"어, 어이, 네 말에는 동감이지만 나는 바보 취급당해도 괜찮은 거야?"

다크니스는 내 말을 못 들은 척하더니 무시무시한 눈빛을 머금으며 이렇게 말했다.

"카즈마! 내일 아침에 최대한 사람들을 끌어 모아서 그 저택을 습격하는 거다! 마음 같아서는 지금 바로 일을 벌이고 싶지만 어쩔 수 없지! 메구밍도 그 집을 습격할 생각이었다고 아까 말했지 않느냐. 뒷일은 더스티네스 가문이 책임질 테니, 아예 쓸어버려라!"

"너까지 바보 같은 소리 하지 마! 인내심 없는 메구밍도 참았다고!"

"아, 저는 몬스터 무리를 보고 도적단의 목적보다 모험가의 본능을 우선했을 뿐이에요."

겨우 이야기가 좋게 정리되려고 하는데 직접 파탄내지 마!

"왠지 심각한 것 같네. 일이 더 복잡해지지 않도록, 나는 술이나 마시면서 얌전히 있을게."

어찌된 영문인지 오늘은 아쿠아가 가장 제정신인 사람처럼 보였다.

"두고 보자, 도넬리! 이제 뒷일 같은 건 개의치 않을 거다! 전부 다 끝난 후 재판이든 뭐든 다 받아주지. 그 녀석에게 따끔한 맛을 보여주고 말겠다!"

다크니스는 무시무시한 선언을 했고 나는 도망치듯 방으로 돌아갔다.

6

밖이 어둑어둑해지고 집 안의 불빛이 사라졌을 즈음—.

누군가가 내 방의 문에 노크를 했다.

"들어와~."

내가 이불 안에서 데굴거리며 그렇게 말하자 조그마한 누군가가 안으로 들어왔다.

"이런 시간에 찾아와서 죄송해요."

내 방에 온 사람은 메구밍이었다.

하지만 이렇게 늦은 시간인데도 잠옷 차림이 아니었다. 아무래도 식사 때 이후로 계속 기분이 가라앉아 있었던 것 같았다.

그렇다. 이 녀석은 내가 되살아난 후부터 왠지 계속 기분이 가라앉아 있었다.

우리에게 들키지 않으려고 평소와 다름없이 행동하려 했지만 메구밍과 오래 알고 지낸 나의 눈을 속이지는 못했다.

"무슨 일이야? 그렇고 그런 짓을 하러 온 분위기는 아닌 것 같은데."

나는 침대 위에서 몸을 일으키며 분위기가 더 심각해지지 않도록 농담을 던졌다.

그러자 메구밍은 고개를 푹 숙이면서—.

"죄송해요."

—하고 작은 목소리로 말했다.

"저기, 느닷없이 내 방에 와서 그런 소리만 하고 입을 다물어 버리면 마치 너한테 차인 것 같아서 좀 그렇거든?"

나는 말을 계속해보라는 듯 농담조로 그렇게 말했고 메구밍은 고개를 숙인 채 입을 열었다.

"만약 제가 예전에 그 귀족을 돕지 않고 당초의 목적대로 저택을 습격했다면, 카즈마가 오늘 죽지 않았을지도 몰라요. 게다가 그 저택 주위에서 강한 몬스터가 출몰하는 것도 그 카렌이라는 귀족 때문일지도 몰라요……."

메구밍은 느닷없이 그런 소리를 했다.

어라?

방금 그 말과 비슷한 말을 누군가한테서 들었던 것 같은데…….

내가 아무 말도 하지 않자 메구밍은 말을 이었다.

"그 귀족의 집에는 몬스터를 불러내는 신기가 있을 수도 있어요. 제가 그걸 탈취했다면 카즈마가 죽지도 않았을 텐데……."

메구밍은 참회에 가까운 고백을 입에 담았고—.

"그 이야기, 대체 누구한테 들었어?"

나는 누가 말해줬을지 뻔히 예상하면서 그녀의 말을 끊었다.

메구밍은 내가 정보의 출처를 물은 게 뜻밖인지 어둠 속에서 잠시 동안 당황하더니—.

"우리 도적단에 소속된 도적한테서 들었어요. 카즈마도 아는 사람이에요……."

메구밍은 그렇게 말하면서 슬며시 미소를 지었다.

나는 한숨을 내쉬며 침대에서 나온 후 창문을 쳐다보았다.

밖은 추우니까 빨리 눈치채라는 뜻에서 일부러 희미한 적의를 뿜고 있는 것이리라.

내 적 탐지 스킬이 아까부터 창밖에서 기다리고 있는 누군가에게 반응하고 있었다.

느닷없이 침대에서 나온 내가 창문 쪽으로 걸어가자 메구밍을 영문을 모르겠다는 표정을 지었다.

내가 그런 메구밍의 시선을 받으며 커튼을 걷자—.

"네가 말한 도적은 이 사람이지?"

마치 이렇게 될 것은 알고 있었다는 듯이…….

여신 에리스도, 엉터리 도적단의 말단 부하인 크리스도 아닌, 입가를 마스크로 가린 거물 현상범 두목이 창밖에서 손을 흔들고 있었다.

7

"휴우. 조수 군, 왜 이제야 눈치챈 거야? 밖은 꽤 쌀쌀하단 말이야."

창문을 열자마자 크리스가 안으로 들어왔고—.

"에이, 두목이 시간은 정하지 않았잖아요. 그리고 이제는 밖에서 만나도 괜찮을 것 같은데요."

나는 평소와 다름없는 말투로 그렇게 말했다.

메구밍은 딱딱하게 굳은 채 망연자실한 눈길로 우리를 쳐다보고 있었다.

"……저기, 조수 군. 메구밍이 꼼짝도 안 해."

"두목이 괴상하게 등장했기 때문 아닐까요? 그리고 창문을 통해 수상한 인물이 들어오면 누구나 다 놀랄 거라고요."

그런 뜬금없는 소리를 하기는 했지만, 우리는 메구밍이 저렇게 굳어버린 채 꼼짝도 하지 않는 이유를 알아서 계속 히죽거리고 있었다.

"……해요."

"응?"

"메구밍, 왜 그래? 미안한데, 방금 뭐라고 했는지 안 들렸어."

방금 낮은 목소리로 뭐라고 중얼거린 메구밍은 갑자기 무릎을 꿇으며 고개를 조아렸다.

"죄송해요! 팬을 자처하면서, 당신의 정체를 눈치채지 못했어요!"

"어, 어이, 목소리가 너무 커! 딴 사람이 들으면 어쩌려고 그래!"

"메구밍, 괜찮아! 사과할 일이 아니니까 무릎 안 꿇어도 돼!"

메구밍은 고개를 들더니 당황한 우리를 지그시 쳐다보았다.

"그리고, 저기……. 아까부터 카즈마를 조수 군이라고 부르던데……."

메구밍의 붉은 눈동자는 흥분과 기대로 가득 차 있었기에 괜한 농담을 하거나 얼버무릴 수 없었다.

내가 크리스에게 눈빛으로 허락을 구하자 그녀는 물론 괜찮다는 듯 한쪽 눈을 찡긋 감으며 엄지를 치켜들었다.

메구밍이 방 안에 있는 걸 알고도 들어왔으니 애초부터 정체를 밝힐 작정이었으리라.

그렇다면 나도 더는 숨길 필요가 없다.

도적으로 활동할 때 입는 옷과 가면이 들어있는 옷장에—.

"메구밍, 잘 봐. 네가 나한테 열변을 토하며 그렇게 좋아한다고 말했던 사람의 정체를 말이야."

내가 연 옷장 옆에 선 크리스는 장난기 섞인 미소를 지으며 그렇게 말했다.

"예, 잘 볼게요. 제가 좋아하는 사람이 지금까지 무슨 짓을 해왔는지 알고 싶거든요."

메구밍이 반격을 하듯 당당한 목소리로 그렇게 말하자 도리어 크리스가 얼굴을 붉혔다.

"두목, 이 녀석은 언제 어느 때나 전력투구를 하니까 놀려봤자 본전도 못 건져요. 나도 몇 번이나 카운터를 맞았다고요."

"미미, 미안해. 나도 어느새 엄청 대미지를 입은 것 같아.

이 달콤쌉싸름한 기분은 뭐지? 부끄럽지만 더 듣고 싶고, 그 뿐만 아니라 얼굴을 감싸 쥐고 싶어지는 이 감정은 뭐냐 말이야……!"

우리는 작은 목소리로 이야기를 나눴고 메구밍은 약간 슬픈 표정을 지으며 입을 열었다.

"저기, 두 사람은 깊은 관계인가요? 언제부터 그런 사이가 된 거죠?"

"메, 메구밍, 오해하지 마! 함께 도적질을 한 건 얼마 안 됐어. 그리고 내가 전에 말했잖아. 조수 군에게는 아무런 감정도 없다고 말이야! 친구로만 생각할 뿐, 특별한 감정 같은 건 없어!"

"잠깐만 있어봐. 너희는 내가 없는 데서 대체 어떤 이야기를 나누는 거야? 그리고 나는 왜 나도 모르는 사이에 차인 건데?"

내가 없을 때 대체 무슨 이야기를 나누는 걸까.

험담 대회가 개최되지 않도록 앞으로는 성희롱 행위나 발언을 자제해야겠다.

그런 생각을 하면서 옷을 갈아입던 나는 문뜩 남의 시선을 느꼈다.

"아까, 내 정체를 잘 보라고 말하기는 했지만, 그래도 옷 갈아입는 모습을 보여주는 건 좀 그런데……."

진지한 표정으로 나를 쳐다보던 두 사람은 내가 바지에

손을 대자 허둥지둥 고개를 돌렸다.

"—오늘은 보름달이 환하게 떴네! 조수 군은 암시 능력이 있으니 괜찮겠지만, 내가 일하기에는 이런 날이 딱 좋아."

우리는 달빛에 의지해 액셀 마을을 내달렸다.

항상 로브를 걸치고 다녔던 메구밍은 평소와 다르게 가벼운 복장을 하고 있었다.

크리스는 일부러 메구밍이 쓸 마스크까지 준비해 왔다고 한다.

"저기, 정말 저도 같이 가도 될까요? 저는 도적 스킬을 지니지 않았으니까 짐만 될 텐데요?"

메구밍이 우리 뒤를 따르며 그런 기특한 소리를 하자—.

"애초부터 이번에는 나 이외에 도우미를 한 명 더 부르기로 했거든. 게다가 이 가면을 쓴 나는 평소의 나와 다르다고 생각해도 돼. 지금의 나는 실력파 모험가 사토 카즈마가 아니라, 거물 현상범, 가면도적단의 두목이야. 보름달이 뜬 밤 한정이지만, 그 누구에게도 지지 않을 만큼 힘이 샘솟을 때가 있어. 그리고 오늘이 바로 그런 날이지!"

"저기, 조수 군. 너는 진짜로 악마나 마족이 아니지? 평범한 인간 맞지? 그리고 우리는 은발도적단이고, 두목은 나거든?"

나는 두목의 무례한 말을 흘려들은 후, 등 뒤에서 느껴지는 시선을 약간 신경 쓰면서 계속 나아갔다.

내가 이러는 것도 내일이 되면 어디 사는 무시무시한 대귀족이 움직일 것이기 때문이다.

안 그래도 고집불통인 그 녀석의 눈빛에 진심이 어린 순간 나는 말리는 걸 포기했다.

이렇게 되면 내일 아침이 되기 전에 카렌의 집에서 몬스터를 불러내는 신기를 빼돌려야 한다.

그 신기만 훔치면 그것을 다크니스에게 잠시 동안 증거품으로 맡긴 뒤, 몬스터를 소환하여 액셀 마을을 위험에 처하게 한 카렌을 법으로 심판하면 된다.

잘 생각해보면 나 또한 카렌의 저택 주위에서 출몰한 몬스터에게 살해당해 에리스에게 보내진 피해자다. 진짜로 그 신기가 나온다면 그런 식으로 처리하는 편이 낫다고 생각한다.

…….

"저기, 아까부터 왜 그렇게 쳐다보는 거야?"

"앗! 죄죄, 죄송해요. 가면이 너무 잘 어울려서……."

메구밍은 우리를 따라오면서 나만 계속 쳐다보고 있었다.

"그것보다, 곧 마을 정문에 도착하니까 메구밍도 마스크를 써. 오늘은 너도 은발도적단의 일원이야."

크리스가 그렇게 말하자 흥분 탓에 눈이 새빨갛게 빛나고 있는 메구밍이 마스크로 입가를 가렸다.

"……두목, 큰일 났어요. 이 녀석, 눈이 새빨개서 마스크를 써도 의미가 없어요."

"조수 군, 어쩌지? 나도 거기까지는 생각이 미치지 않았어."

입가를 가리기만 해서는 홍마족의 특징인 붉은 눈을 숨길 수 없다.

이 마을에는 홍마족이 두 명뿐이니 이대로 가다간 정체를 들킬지도 모른다.

메구밍은 그 말을 듣고 고개를 푹 숙였고 나는 가면을 벗어서 그녀에게 건넸다.

"어쩔 수 없네. 오늘 밤에는 내 가면을 써. 그 마스크는 내가 쓰겠어. 오늘밤은 네가 가면도적단의 두목이야."

"저기, 조수 군. 슬슬 도적단의 이름을 통일하자. 그리고 두목은 어디까지나 바로 나거든?"

내가 가면을 건네주자 메구밍은 행복해 죽겠다는 듯 환한 미소를 지었다.

"에이, 현상금이 걸렸을 때는 그냥 가면도적단으로 하자고 하지 않았어요? 그리고 두목 자리도 나한테 넘겼었잖아요."

"요즘 들어 관심이 조금 사그라졌거든. 그리고 원래 내가 만든 도적단이잖아. 그러니 내 트레이드마크인 은발을 이름에 넣고 싶어."

메구밍에게 건네받은 마스크를 쓰면서 그런 대화를 나누고 있을 때였다.

"이름 짓는 건 자신 있어요. 뭣하면 제가 도적단의 이름을 지어드릴까요?"

““아니, 괜찮아.””

의도치 않고 우리 둘의 목소리가 하모니를 이뤘다.

—잠복 스킬을 사용한 우리는 액셀의 정문을 간단히 돌파한 후, 달빛에 의지해 숲으로 향했다.

“카즈마. 이 가면을 쓰고 있으니 왠지 마음이 차분해져요. 홍마족을 위한 가면이라고 해도 과언이 아닐 것 같아요. 이거, 저한테 주면 안 돼요?”

“나도 요즘 들어 그게 마음에 들었으니까 못 줘. 바닐이 일하는 가게에서 비슷한 가면을 파니까 가서 사. 인기가 좋은지 순식간에 팔려나가기 때문에 손에 넣기 쉽지 않지만 말이야.”

크리스는 우리의 말을 듣더니 흥미를 보였다.

“바닐 씨라면 항상 가면을 쓰고 있는 사람 말이지? 멀찍이서 힐끔 본 적이 있는데, 쓰레기장을 어지럽히는 까마귀를 쫓아내서 까마귀 슬레이어라 불린다면서? 꽤 성실한 사람인가 보네.”

……이 사람은 대체 무슨 소리를 하는 걸까.

이 세계의 여신은 하나같이 눈이 옹이구멍인 걸까?

그러고 보니 지상에 강림할 때는 임시적인 육체를 쓴다고 들었어. 그래서 바닐의 정체를 꿰뚫어보지 못하는 걸까?

엄청 위험한 일이라는 생각이 들지만 위즈나 바닐과 만나게 해보고 싶어졌다.

"—아, 슬슬 보이네. 자, 메구밍. 그럼 저번의 복수를 하러 가자. 실은 그 사람 태도 때문에 나도 꽤 열 받았거든."

크리스가 그렇게 말하면서 숲 속에 존재하는 저택을 쳐다보자, 눈이 새빨갛게 빛나고 있는 메구밍이 미소를 지으며 이렇게 외쳤다.

"자, 가죠!"

8

몬스터에 대비하는 건지 저택 정문에는 보초가 배치되어 있었다.

나는 우선 그들을 처리하기 위해, 잠복 스킬을 펼치면서 어둠속에 몸을 숨긴 채 살며시 다가갔다.

보초는 두 명이었다.

등 뒤에서 입을 막은 후 드레인 터치를 쓰면 제압할 수 있을 것이다.

……그리고 내가 있는 곳과는 반대편, 그러니까 보초들의 왼편에서 부스럭 하는 소리가 났다.

정면을 쳐다보던 두 보초가 그쪽을 쳐다본 순간—.

그 틈을 놓치지 않으며 단숨에 보초에게 접근한 나는, 등 뒤에서 두 사람의 입을 손으로 막고 드레인 터치를 펼쳤다.

두 보초가 소리를 내지 못하고 무너지듯 쓰러지자, 수풀에 숨어있던 크리스와 메구밍이 나에게 다가왔다.

"저기, 두 사람 다 정말 대단하네요. 그리고 카즈마도 실은 강했군요."

평소에 내가 약해빠졌다고 생각했던 메구밍이 존경어린 눈빛으로 나를 쳐다보았다.

아까 보초의 주의를 끈 소리는 크리스가 돌멩이를 던져서 낸 것이다.

"우리는 왕성의 가장 안쪽까지 들어갔던 거물 현상범, 은발도적단이야. 이 정도는 식은 죽 먹기라구."

크리스는 여유 넘치는 어조로 그렇게 말하면서 씨익 웃었다.

"얼마 전까지 엉터리 도적단의 말단 부하였던 주제에 무슨 소리를 하는 거예요. 그리고 두목은 왜 내가 눈만 뗐다 하면 그렇게 재미있는 상황에 휘말리는 거예요?"

"나야말로 그 이유가 알고 싶어. 운은 너 못지않게 좋은데 말이야."

크리스의 말을 듣고 생각난 것인데, 그러고 보니 나 또한 운이 좋은 것 치고는 항상 이상한 일에 휘말렸다.

그런 생각을 하면서 저택 부지 안을 둘러본 후, 뒷문을 통해 안으로 침입한 우리는—.

"……우리는 진짜로 운이 좋은 걸까요?"

"이럴 때는 꽝을 뽑은 것 같은 느낌이 든다니깐."

"역시 수많은 위기를 해쳐온 두 분은 이럴 때도 차분하네요."

서로를 쳐다보며 느닷없이 맞닥뜨린 이 상황에 어떻게 대처할지 생각했다.

"누구인지 모르겠지만, 빨리 나를 구해줘!"

우리 눈앞에는 인간만한 크기의 문어 같은 몬스터에게 꼼짝달싹 못하게 잡힌 카렌이 있었다.

"—더, 덕분에 살았어. 하마터면 귀족영애로서 소중한 걸 잃을 뻔 했네……."

나는 크리스와 힘을 합쳐 문어처럼 생긴 몬스터에게서 카렌을 구출했다. 그리고 그제야 이곳이 감옥 안이라는 사실을 눈치챘다.

감옥 한편에는 문이 있지만 이 공간의 중앙에는 칸막이처럼 철창이 설치되어 있었다.

원래 철창 너머에서 안전하게 몬스터를 소환했던 것이다.

"왜 뒷문이 감옥과 이어져 있는 거지?"

내 의문에 답하듯 방금까지 몬스터에게 잡혀있었던 카렌이 기침을 하며 몸을 일으켰다.

"저건 뒷문이 아니라, 꽝인 몬스터를 밖으로 내보내기 위한 출구야."

카렌은 이제야 경계심 어린 눈길을 머금더니 우리를 위협하며 손에 쥔 무언가를 내밀었다.

“두목, 저 사람이 방금 꽝인 몬스터라고 말했어요. 이 녀석이 몬스터들을 불러낸 게 틀림없는 것 같네요.”

“하지만 신기가 보이지 않아, 조수 군.”

카렌은 긴장감이 없는 우리를 보고 짜증이 난 것인지 언성을 높였다.

“너희는 누구야?! 여기가 어디인지 알고 침입한 거야?”

“악명 높은 도넬리 씨 집이지? 오늘은 답례를 하러 왔어.”

크리스가 여유 넘치는 목소리로 그렇게 말하자—.

“아하, 고리대금업을 하다 보면 수많은 사람들에게 원한을 사기 마련이야. 너희도 나한테 원한이 있는 거지? 하지만 운이 나빴네. 너희는 신상품의 실험대가 되어줘야겠어!”

카렌은 그렇게 말하면서 손에 쥔 뭔가를 치켜들었고—!

“““『스틸』.”””

나와 크리스는 동시에 스틸을 펼쳐서 그 무언가를 빼앗았다.

“아니?!”

우리는 화들짝 놀란 카렌을 곁눈질하면서 전리품을 확인했다.

“일단 빼앗기는 했는데, 이게 뭐지?”

“앗! 젠장, 졌어! 나는 또 팬티네!”

카렌이 사용하려던 아이템은 크리스의 손에 들어갔다.

그리고 내 손에는 새하얀 속옷이 쥐어져 있었다.

"왜 카즈마의 스틸은 성희롱에 특화된 거죠? ……그거 좀 줘보세요. 어디서 본 적이 있는 것 같은데…… 팬티 말고요! 저 돌을 말하는 거라고요!"

크리스가 들고 있던 돌을 메구밍에게 건네주고, 팬티를 어떻게 할지 고민하는 나를, 허벅지 사이를 손으로 누른 카렌이 노려보는 묘한 상황에서…….

"누, 누가 좀 와봐! 침입자야! 침입자라구!"

카렌은 그제야 사람을 불러야 한다는 사실을 떠올린 것 같았다.

"이건 몬스터의 알을 가공해서 만든 금단의 마도구예요. 몬스터를 소환할 수 있지만, 그게 끝이죠. 사역할 수도 없고, 불러내는 몬스터 또한 랜덤이거든요. 그저 위험하기만 한 아이템이에요."

이 돌의 정체를 간파한 메구밍이 그렇게 말하자 카렌은 훗하고 코웃음을 쳤다.

"그저 위험하기만 한 아이템? 그렇지 않아. 이건 돈을 낳는 멋진 마도구야. 몬스터를 불러내다보면 파오리나 골드앤트처럼 대박이 나올 가능성이 있어. 지금까지 내가 불러낸 몬스터 중에서 가장 대박은 새끼 드래곤이야. 그걸로 지금까지 쏟아 부은 돈을 전부 회수했다니깐?"

사람들이 허둥지둥 뛰어오는 발소리가 들리는 가운데, 우리와 거리를 둔 카렌이 선반에서 새로운 돌을 꺼냈다.

즉, 이 녀석은 철창이 쳐진 곳에서 몬스터를 소환한 다음, 돈이 될 만한 녀석은 팔아치우고 돈이 되지 않는 녀석은 풀어준 것이다.

그리고 자기가 풀어준 몬스터에 대한 소문이 퍼지기 시작하자, 액셀 최강이라 불리는 우리에게 의뢰해서 그 몬스터들을 처리하려 한 것이었다.

"두목, 이 녀석은 송사리 악당이에요. 자기 입으로 자기가 저지른 악행을 다 실토하잖아요."

"조수 군, 마음속으로는 그렇게 생각하더라도 그 말을 해선 안 돼. 하지만 나한테 있어서도 이 사람은 꽝이네. 신기로 몬스터를 소환하나 했더니……."

"저기, 다 들리거든요? 저 사람도 얼굴이 새빨개졌어요."

우리는 여전히 긴장감이 느껴지지 않는 태도를 취했고 카렌은 분노를 터뜨리며 돌을 치켜들었다.

"이런 상황에서 여유를 부린 걸 저세상에서 후회해! 곧 경비들이 몰려올—."

"""『스틸』."""

카렌이 말을 끝까지 잇기도 전에, 우리의 스틸이 또 작렬했다.

"또 내가 이겼어."

"잠깐만 있어 봐요. 나한테 있어서는 그딴 돌보다 이게 더

대박이거든요? 그러니 승부 자체로 본다면 내가 이겼다고 할 수 있지 않을까요?"

"이 남자, 정말 최악이네요. 저희 앞에서 저런 소리를 당당하게 해대잖아요."

내 손에는 카렌의 브래지어가 쥐어져 있었다.

그리고 크리스는 소환에 쓰이는 돌을 쥐고 있었다.

"대체 뭐야?! 당신들은 대체 뭐냔 말이야!"

카렌은 한손으로 허벅지 사이를, 그리고 다른 한손으로 가슴을 감싸더니 울먹거리며 우리를 노려보았다.

그리고 바로 그때—.

"아가씨, 무슨 일이십니까?!"

"침입자예요! 빨리 이 자들을 잡으세요!"

카렌은 이곳에 온 경비들에게 의기양양한 목소리로 명령을 내렸다.

—철창 너머에 있는 이들에게 말이다.

"조수 군, 이 사람은 정상이 아닌 건 같네."

"정상이 아니라는 건 아까부터 알고 있었어요. 금단의 마도구를 소셜게임의 뽑기를 하듯 써대는 사람이라고요."

"소셜게임의 뽑기라는 게 대체 뭐죠? 아무튼, 이 사람은 왜 이쪽에서 몬스터를 불러낸 걸까요? 선반 정리를 하다 돌을 떨어뜨린 바람에 몬스터가 소환된 걸까요?"

우리의 말을 들은 카렌이 얼굴을 새빨갛게 붉힌 가운데,

크리스는 고개를 끄덕이며 입을 열었다.

"온지 얼마 안 됐지만 돌아가는 편이 좋을까? 이건 불법적으로 몬스터를 소환한 증거로서 가져갈게. 더스티네스 가문에 갔다 줘야지."

카렌은 그 말을 듣더니 얼굴이 새파랗게 질렸다.

"기, 기다려! 절대 보내줄 수 없어. 나는 이래 봬도 고레벨 귀족이야. 경비들이 올 때까지 시간을 버는 거라면—."

"『스—』."

"안 돼, 조수 군. 더는 그걸 써선 안 될 것 같아!"

나는 허황된 소리를 하는 카렌을 향해 스틸을 쓰려고 했지만 크리스가 허둥지둥 말렸다.

"괜찮잖아요. 이 여자를 부하들 앞에서 알몸으로 만들어 버리죠."

메구밍이 그렇게 말하자, 원피스만 걸친 자신이 당할 뻔한 일을 알아챈 카렌이 바닥에 주저앉은 채 부들부들 떨면서 뒤로 물러섰다.

화도 좀 가라앉았고 증거품도 손에 넣었다.

크리스가 말한 것처럼 슬슬 퇴각하는 편이 좋으리라.

그런 우리의 낌새를 느낀 카렌이 바닥에 주저앉은 채 이렇게 외쳤다.

"그, 그 가면, 본 적이 있어. 너희가 그 소문 자자한 가면

도적단이지?! 그런 마도구 좀 썼다고 우리 가문이 박살나지는 않을 거야. 두고 봐. 너희에게 현상금을 더 걸어서— 거짓말이에요! 잘못했어요!"

내가 카렌을 향해 손을 내밀자 그녀는 뒤로 물러나면서 비명을 질렀다.

에필로그

다음 날 아침.

"하하하하하! 하하하하하하! 도넬리 녀석, 이걸로 따끔한 맛을 보여주마! 잘했다, 카즈마! 음, 정말 잘했어! 하하하하하하하하!"

다크니스의 의기양양한 웃음소리가 거실에 울려 퍼졌다.

나는 몬스터 소환의 증거품을 다크니스에게 건네주면서 어젯밤에 있었던 일을 대충 설명했다.

"좋은 아침~. 다들 일찍 일어났네. 무슨 일 있는 거야?"

잠옷 차림인 아쿠아는 꾸러미 같은 것을 들고 내려왔다.

"일찍 일어난 게 아니라 밤을 샜어. 나는 이제부터 잘 거니까 저녁때까지 깨우지 마."

"너, 또 게임했어? 정말, 이래서 백수는 문제라니깐."

술 마시고 지금까지 퍼질러 자느라 어젯밤에 어떤 소동이 일어났는지도 모르는 이 녀석한테만은 그런 말을 듣고 싶지 않았다.

한편, 아쿠아가 테이블에 들고 있던 꾸러미를 펼쳐놓자 메구밍이 그것에 관심을 보였다.

"아쿠아, 그게 뭐죠? 돌 같아 보이는데요."

"역시 메구밍, 홍마족답게 안목이 좋네."

저 녀석의 눈은 어제 내가 직접 밝힐 때까지 내 정체를 꿰뚫어보지 못했던 옹이구멍이라고.

내가 그런 생각을 하면서 모닝커피를 마시고 있을 때—.

“이건 말이지. 이상한 형태를 한 돌 컬렉션이야. 강이나 연못이나 호수 같은 데서 주웠어. 때때로 이렇게 반짝반짝하게 닦아주곤 해. ……한 개 줄까?”

“됐어요.”

……우리는 밤새도록 고생을 했는데, 이 녀석은 정말 팔자가 편하다는 생각이 들었다.

몬스터 소환 소동은 해결됐지만 결국 그 저택에서는 신기를 발견하지 못했다. 그래서 크리스는 신기의 행방을 좇기로 했다.

진짜 이 괜한 짓만 하는 녀석이, 그 성실한 여신님을 보고 배웠으면 좋겠다는 생각이 들었다.

“참, 아쿠아. 얼마 전부터 틈틈이 마을 밖에 나가는 것 같던데, 뭐 하러 다니는 것이냐? 메구밍은 내가 잠시 눈을 뗀 사이에 어마어마한 짓을 벌였지. 그러니 네가 무슨 짓을 하고 다니는지도 알고 싶다만…….”

“다크니스, 나를 문제아 취급하지 말아줄래? 나는 그저 모험가 길드 사람들의 부탁으로 아르바이트를 했던 것뿐이야. 나는 엄청난 정화능력을 지녔잖아? 그 힘으로 카오룽즈 히드라가 있던 호수와 그 주변을 정화해달라는 부탁을 받았어!”

그런 일상적인 광경을 멍하니 쳐다보며 커피를 홀짝이고

있을 때, 메구밍이 뭔가를 가슴에 꼭 안은 채 내 옆에 섰다.

뭔가 할 말이 있는 것 같지만 그 말을 할지 말지 망설이는 눈치였다.

"그, 그랬느냐. 미안하다, 아쿠아."

"진짜로 미안하다고 생각하는 거야? 그럼 내 돌 컬렉션 중에서 한 개 사줘. 정화 아르바이트가 끝나서 돈이 없거든."

저 두 사람이 시끌벅적하게 떠들어대는 가운데, 나는 메구밍을 놀리듯 이렇게 말했다.

"뭔가 할 말이라도 있어? 아하~, 내 정체를 알아서 사인이라도 받고 싶어진 거야? 아니면 악수라고 하고 싶어?"

"됐어요."

메구밍은 딱 잘라 그렇게 말하더니 잠시 머뭇거린 후 이렇게 말했다.

"……저기, 저희 복수를 해줘서 정말 고마워요."

그거 말이구나.

"딱히 복수 삼아 그런 건 아냐. 그리고 그 여자 때문에 죽었던 나도 속이 개운해졌거든. 게다가 너희는 우리의 하부 조직이라며? 그럼 말단 부하의 복수를 해주는 게 당연하지 않겠어?"

나는 폼을 잡으면서 그렇게 말했고 메구밍은 배시시 웃었다.

"그럼 앞으로는 카즈마를 두목이라고 부를까요?"

"뭐, 그래도 돼. 현상금은 가면도적단이라는 이름으로 걸려 있으니까, 실질적으로는 내가 두목이라고 할 수 있거든. ……아, 내가 이런 말을 했다는 걸 크리스한테 고자질하지 마. 화낼 게 뻔해."

내가 약간 허둥대면서 그렇게 말하자 메구밍은 즐거워하며 빙긋 웃었다.

"좋아요. 비밀로 해줄게요. 그 대신……."

그리고 메구밍은 안아들고 있는 무언가를 쥔 손에 힘을 주더니—.

"가끔이라도 괜찮으니까, 또 같이 가도 될까요?"

그렇게 말하면서 쥐고 있던 가면을 나에게 내밀었다.

■작가 후기

『속 이 멋진 세계에 폭염을!』을 구매해주셔서 감사합니다.

처음 뵙는 분은 없을 거라고 생각합니다만 자기소개를 하자면, 작가 비스무리한 일을 하는 아카츠키 나츠메라고 합니다.

이 책은 스니커web에서 연재된 작품에 신작 단편을 추가한 스핀오프 소설입니다.

이걸 쓰게 된 계기는 이멋세 10권 후기에서 설명했으니 생략하겠습니다만, 무슨 일이든 간에 가벼운 마음으로 하겠다고 하면 안 된다는 걸 이번 기회에 배웠습니다.

앞으로 캐릭터 인기투표 이벤트가 열리지 않기를 진심으로 빌고 있습니다.

—아무튼 이번 권에는 여러 가지 뒷내용이 담겨 있습니다.

7권 후반에 크리스가 호수에 던져버렸고 현재 수색중인 그 신기는, 괜한 짓을 하는 것에 정평이 나있는 여신이 뭔지도 모르고 주워 와서 매일 열심히 닦고 있습니다.

분명 크리스는 신기를 찾기 위해 사방팔방을 다 돌아다닌 끝에, 잠시 한숨 돌릴 겸 카즈마의 저택에 놀러왔다가 그걸 발견하고 그대로 바닥에 주저앉겠죠.

만약 기회가 된다면 그 이야기도 써보고 싶습니다.

—자, 이게 서점에 전시될 즈음에는 텔레비전 애니메이션 2기의 방송일이 코앞까지 다가왔을 겁니다.

이번에도 애니메이션 애프터 레코딩에 거의 참가하지 못했습니다만, 작가라는 생물은 집에서 나가지 않는 습성이 있으니 어쩔 수 없죠!

수록 현장에 가면 어마어마한 스포일러를 듣기 때문에 가능한 한 참가하지 않으며, 일개 애니메이션 팬으로서 저도 애니메이션 2기를 고대하고 있습니다.

그리고 다음 달에는 미시마 쿠로네 선생님의 이멋세 일러스트를 모은 화집이 발매됩니다.

그 화집에는 제가 쓴 신작 단편 소설도 실리니 흥미가 있으신 분은 봐주십시오.

각종 잡지에서 연재 중인 만화도 즐겨주시기를 진심으로 바랍니다.

아무튼 이번에도 미시마 쿠로네 선생님을 비롯해, 많은 분들께서 도와주신 덕분에 무사히 책을 출판할 수 있었습니다. 정말 감사합니다.

그리고 무엇보다, 이 책을 읽어주신 독자 여러분에게 다시 한 번 깊이 감사드립니다!

아카츠키 나츠메

후기
ー☆
2017
두목, 귀여워!!

■역자 후기

안녕하십니까. 근로청년 번역가 이승원입니다.

『속 이 멋진 세계에 폭염을!』을 구매해주셔서 진심으로 감사드립니다.

7월 초의 장마가 끝나고 곧장 폭염이 시작되었습니다.

폭염주의보 문자를 보자마자 저는 큰방에 있는 에어컨을 켰습니다.

음…… 문명의 이기는 정말 좋군요.(ㅠㅜ)

장마 때 물이 새어서 오래간만에 방 곳곳에 물 받을 그릇을 두고 생활했고, 며칠 비가 안 올 때 옥상 방수 작업을 하느라 난리도 아니었죠. 그래도 그 고생 덕분에 장마 후반부에는 걱정 없이 보냈고 작년에 설치한 낡은 에어컨이 올해도 잘 돌아갑니다.

올해는 일을 열심히 해서 전기세를 메우자는 각오로 열심히 일하렵니다!

그럼 본편에 관한 이야기를 해볼까 합니다.

스포일러가 포함되어 있을 수도 있으니 본편을 읽지 않으신 분들은 유의해주시길!

이번 스핀오프는 제목을 보면 알 수 있다시피 메구밍이 메인입니다.

은발도적단(가면도적단?)을 동경하는 메구밍이 멋대로 하부조직을 만들어서 은발도적단을 지원하려고 합니다만…… 멤버가 너무 화려해졌죠.

메구밍 본인도 마왕군 간부를 몇 명이나 해치운 실력파 아크 위저드인데, 그런 메구밍의 라이벌이자 차기 홍마족 족장인 융융, 그리고 10권에서 그 어떤 적이든 한 페이지를 못 버틸 정도의 무위(?)를 보여줬던 아이리스, 그리고 독실한(?) 아쿠시즈교 프리스트인 세실리에, 알고 보면 치트키(?)인 크리스까지…….

그냥 마왕성에 쳐들어가서 마왕의 목을 따도 될 것 같은 멤버들입니다.^^

그런 멤버들과 벌이는 좌충우돌 도적단 활동이 때때로, 아니, 거의 항상 삼천포로 빠지지만 그래도 정말 즐거워보입니다.

특히 융융과 아이리스가 정말 행복해 보인다고 할까요.^^

그녀들의 즐거운 일상을 독자 여러분께서도 즐겨주시길!

그럼 이만 줄이겠습니다.

이 작품을 저에게 맡겨주신 L노벨 편집부 여러분. 항상 신세 많이 지고 있습니다. 앞으로도 잘 부탁드립니다.

악우여. 네가 밀면을 좋아하는 건 알거든? 나도 알 거든? 하지만 하루 세끼 밀면은 좀 그렇잖아. 게다가 부산 밀면 맛집 제패하기 위해 친구 차를 빌려와서 나까지 끌고 다니지 말라고.ㅠㅜ

마지막으로 언제나 제게 버팀목이 되어주시는 어머니와 『속 이 멋진 세계에 폭염을!』을 읽어주신 모든 분들에게 진심으로 감사드립니다.

멋진 언니 오빠 되기 대작전(?)이 펼쳐지는 11권 역자 후기 코너에서 다시 뵙겠습니다!

2017년 7월 초

역자 이승원 올림

속 이 멋진 세계에 폭염을!
우리는 메구밍 도적단

1판 1쇄 발행 2017년 9월 10일
1판 4쇄 발행 2019년 10월 14일

지은이_ Natsume Akatsuki
일러스트_ Kurone Mishima
옮긴이_ 이승원

발행인_ 신현호
편집장_ 김은주
편집진행_ 최은진 · 김기준 · 김승신 · 원현선 · 권세라
편집디자인_ 양우연
국제업무_ 정아라 · 전은지
관리 · 영업_ 김민원 · 조은걸 · 조인희

펴낸곳_ (주)디앤씨미디어
등록_ 2002년 4월 25일 제20-260호
주소_ 서울시 구로구 디지털로 26길 111 JnK디지털타워 503호
전화_ 02-333-2513(대표)
팩시밀리_ 02-333-2514
이메일_ lnovelpiya@naver.com
L노벨 공식 카페_ http://cafe.naver.com/lnovel11

ISBN 979-11-278-4254-3 03830

값 6,800원